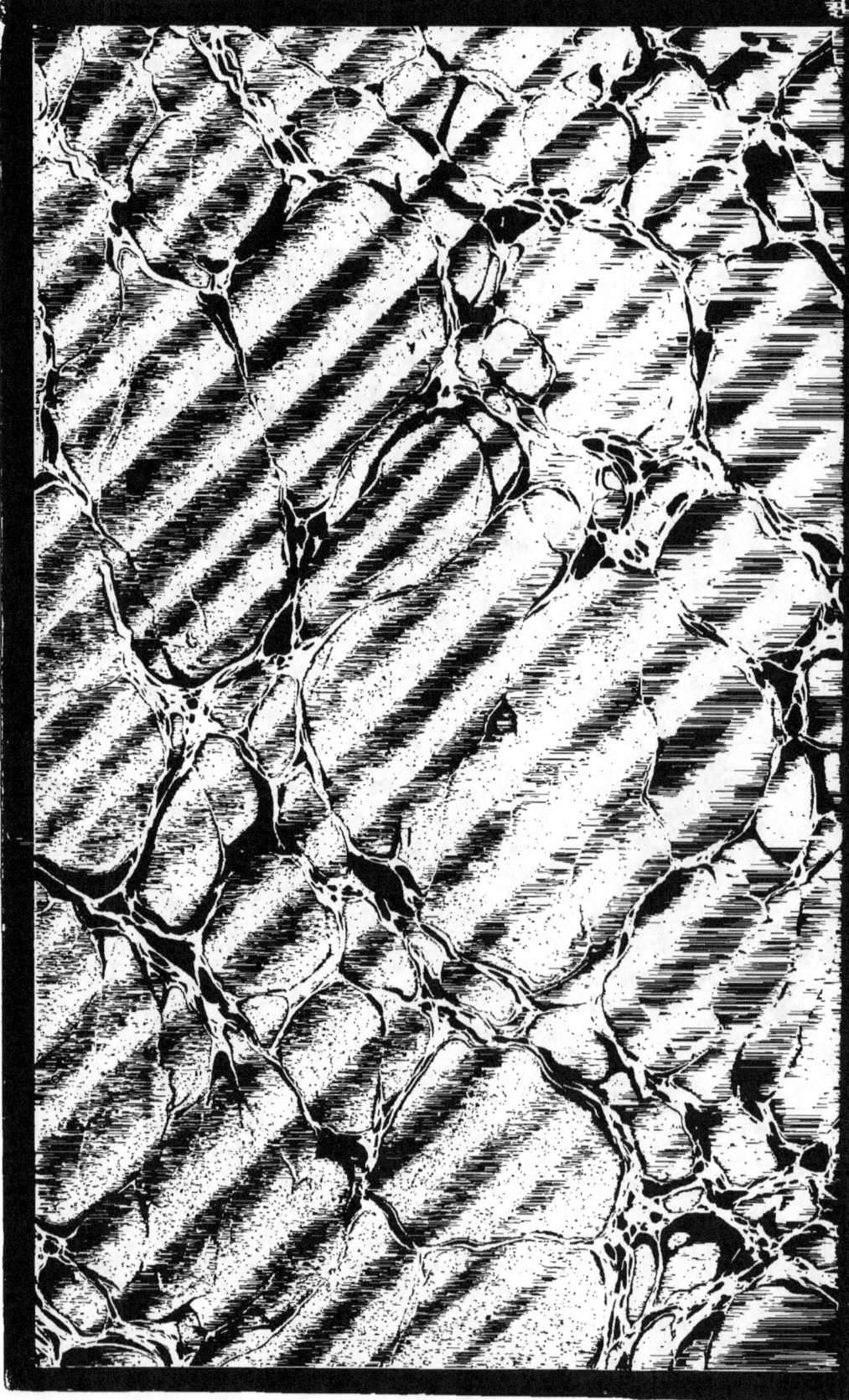

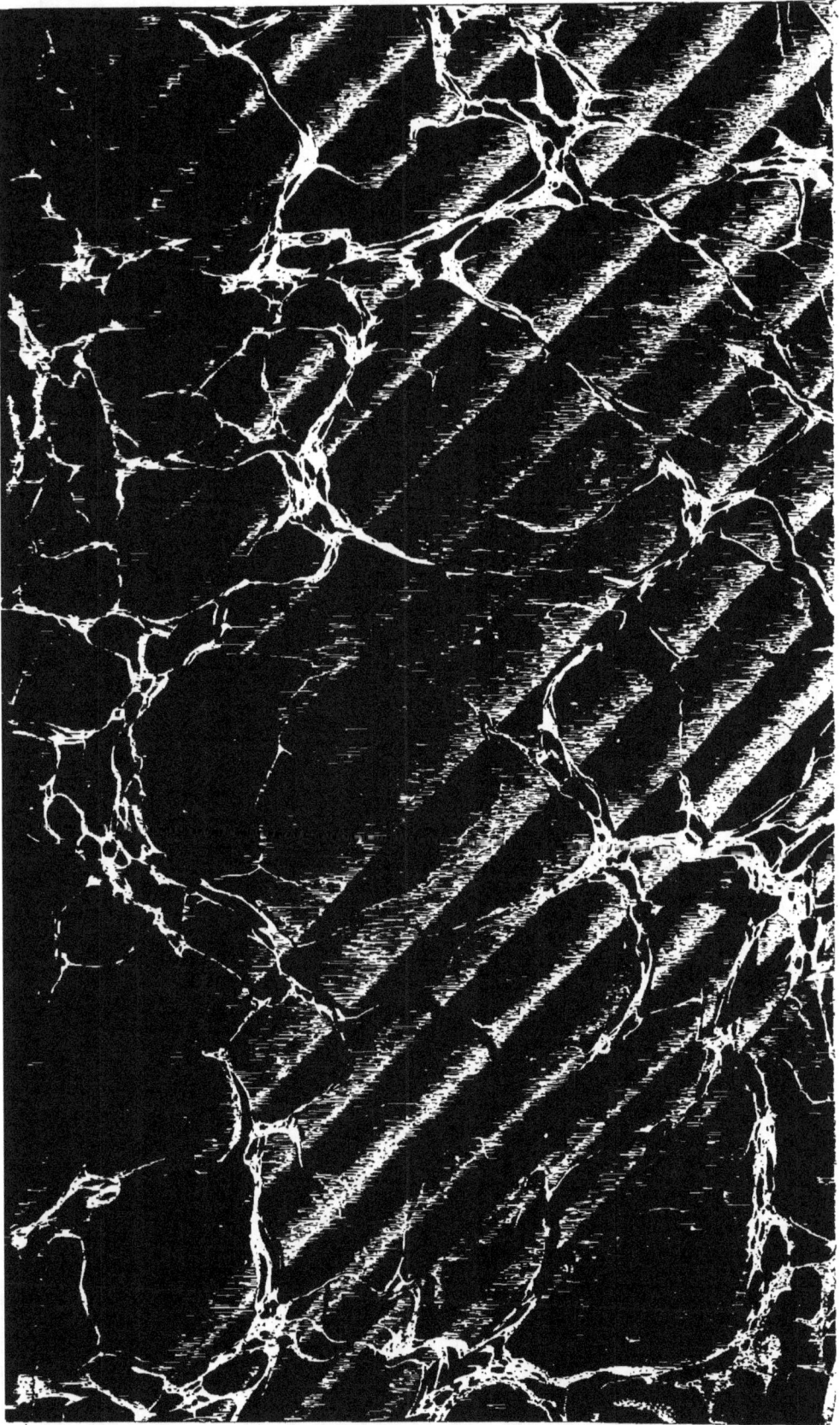

PARIS. — IMPRIMERIE A.-E. ROCHETTE

72-80, boulevard Montparnasse, 72-80

LES

GRIMACES

PARISIENNES

PARIS

ARNAULD DE VRESSE, ÉDITEUR

55, *rue de Rivoli*, 55.

—

1869

IMPRESSIONS ET COMMENTAIRES

D'UN GARÇON D'EXTRA

IMPRESSIONS ET COMMENTAIRES

D'UN GARÇON D'EXTRA

Il se nommait Joseph.

C'était un déclassé comme un autre. Après être allé chercher fortune en Californie, après avoir tour à tour exercé les professions hétérogènes de placeur d'ouvrages illustrés, de courtier marron, d'homme de lettres *in partibus*, il prit un grand parti et, renonçant aux prétentions, il se fit garçon d'extra.

Pour ceux qui ignoreraient ce que ce nom veut dire, deux mots d'explication :

En ce temps d'universelles ambitions où

      Tout bourgeois veut avoir des pages,

les maisons qui fournissent le sorbet au marasquin et les petits fours se chargent également d'expédier sur commande des messieurs en habit noir et en cravate blanche qui reçoivent les paletots, annoncent les visiteurs et font circuler les rafraîchissements : on les appelle des maîtres d'hôtel ou plus vulgairement des garçons d'extra.

Telle fut la vocation que notre Joseph se sentit un matin.

Ce matin-là remonte à dix années. Dix années durant lesquelles il fonctionna à sirop continu dans des soirées de tous les mondes; car les maisons les plus élégantes (high-life) ont souvent besoin de renforcer leur personnel à l'aide de ces landwerh d'occasion.

Au bout de dix années (il y a de cela un mois),

ledit Joseph s'était composé un vrai pécule. Ce pécule ne se composait pas de pièces de cent sous, le brave garçon ayant la digestion des écus trop prompte, mais il n'en avait pas moins amassé un patrimoine.

Tous les jours, en effet, après ses séances en ville, il avait contracté, en souvenir de ses velléités littéraires, l'habitude d'écrire ses réflexions sur ce qu'il avait vu et entendu dans chaque réunion.

Et Dieu sait si l'on en voit et si l'on en entend de belles !

Si bien que de toutes ces bribes réunies, sur le conseil d'un journaliste, à qui il offrait fréquemment le punch à la romaine dans les salons, notre garçon d'extra s'est décidé à faire un volume d'observations philosophiques et pratiques qui verra prochainement le jour.

Une indiscrétion nous ayant permis de parcourir les épreuves de ce volume en feuilles, nous n'avons pas hésité à trahir la confiance qu'on

1.

avait eue en nous, et à transcrire divers fragments de ce livre, qui sera en somme l'histoire du plaisir et du luxe parisien vue par le
petit bout de la lorgnette.

Ceci dit en manière de préface, nous nous
esquivons avec empressement et nous cédons
la parole à M. Joseph, littérateur d'occasion.

.·.

Du 7 novembre 1860. — Je commence à m'y
faire, mais les débuts ont été durs. Quand on a
concouru pour un prix de vers à l'Académie!...

Il est vrai que depuis que j'ai entendu un tas
de gens réciter des rimes dans un salon, j'ai été
dégoûté de la poésie pour le restant de mes
jours, et ça a furieusement diminué mes regrets.

Le métier, en somme, n'est pas mauvais; on
travaille la nuit, on dort le jour, ce qui dispense
de voir les gens à la lumière du soleil. Autant

d'illusions entretenues sur le compte de la beauté. Il y a tant de femmes qui font l'effet d'un printemps à la bougie et qui, de midi à quatre heures, n'ont même plus l'air d'un automne...

Pour lors, j'ai servi ce soir chez un riche étranger. Riche! des mots qui se disent sans qu'on puisse seulement savoir pourquoi.

Tout ce que je sais, c'est qu'entre trois et quatre heures du matin on a traité le maître de la maison d'escroc, sous prétexte qu'en jouant à l'écarté il avait des rapports trop suivis avec des souverains non légitimes.

Il fallait voir comme il protestait avec indignation!

— Moi, criait-il, qui descends des don Guzman !

Le fait est qu'il est joliment descendu.

Après ça, pour faire diversion, il a provoqué tous les invités. Drôle de façon de prouver qu'il n'avait pas triché.

— Vous m'en rendrez raison, vociférait-il de plus belle, voilà ma carte.

— Laissez donc tranquille, a répondu un des invités en lui tournant le dos, votre carte c'est le roi.

Alors il a passé au sentiment et a déclaré qu'il se brûlerait la cervelle.

— J'allais vous le conseiller, lui a répondu quelqu'un.

Sur quoi, il ne s'est rien brûlé du tout, a rendu l'argent, vu qu'on n'était pas content, et a juré qu'il ne recommencerait pas... avant d'avoir pris une série de leçons d'un des meilleurs es-camoteurs.

.˙.

Du 14 *décembre* 1861. — Servi dans une soirée officielle, chez un homme en passe de devenir n'importe quoi dans le pouvoir.

Lui en a-t-on fait de ces révérences !

Je ne suis pas bégueule, mais je n'accepterai plus de ces corvées-là. De voir se baisser tant que cela, ça m'humilie dans mes semblables.

D'autant plus que ceux qui se sont le plus aplatis se revengent ensuite par leur insolence avec les domestiques.

Pas envie de servir de redressoir à l'épine dorsale de ces messieurs.

.*.

Du 3 mars 1861. — Soirée à l'occasion de la signature d'un contrat.

Le futur soixante-trois hivers; la future vingt ans au plus.

Le futur une figure où le temps a écrit avec des rides l'histoire d'un vilain passé; la future un visage où brillent en rose toutes les promesses de l'avenir.

Le futur toutes les laideurs, la future tous les désirs.

Le futur cinquante mille livres de rente; la future rien du tout.

Les parents, en gens experts, ont déclaré que cela faisait bon poids. Ne faut-il pas des époux assortis ?

Cette déclaration faite, les amis et connaissances sont venus pour féliciter monsieur et madame. C'est toujours si drôle de voir un Georges Dandin qui l'a voulu.

Au spectacle, j'aurais payé ma place cent sous. Ici, j'ai eu la comédie, plus quinze francs.

Tout bénéfice.

.ˣ.

Du 24 *décembre* 1863. — C'était à qui se disputerait ma présence aujourd'hui : Une nuit de réveillon! indigestion obligée!

J'ai opté pour un artiste, parce que moi, les arts.....

Un atelier princier. Il paraît qu'il a de quoi, le

gaillard ; aussi il a choisi une fière spécialité. Il travaille exclusivement dans l'enjolivement. Les femmes ne veulent pas d'autre portraitiste que lui.

Donnez-lui une loupe, il en fait un grain de beauté. C'est hors de prix, ces opérations-là.

Il y avait foule à la réception. On a soupé. Au dessert, vers cinq heures du matin, les flatteurs du coup de minuit étaient devenus impitoyables et proclamaient tout haut que le maître de la maison était un cuistre artistique.

Ils avaient raison, mais pourquoi étaient-ils venus le dire chez lui? Il est vrai que lui les invite peut-être à venir le dire chez lui pour que, pendant ce temps-là, ils ne le disent pas ailleurs.

Enseignement mutuel.

*
* *

Du...... (*Date effacée*). — Les frais augmentent dans la partie, que c'en est révoltant.

Chaque fois qu'en servant j'ai le malheur de passer trop près d'une dame, c'est comme si j'avais coudoyé un maçon.

Après ça il faut brosser pendant des heures pour faire enlever tout ce blanc-là. Trois habits par saison quoi !

**

Du 2 février 1865. — Un fier bal costumé.

Il y avait des pierrots, des polichinelles, des colombines... Est-ce que je sais ! Mais la meilleure mascarade n'était pas celle-là.

Le patron de la maison, un banquier, s'il vous plaît, sur les trois heures, s'est déguisé en faux-fuyant. Pendant qu'on dansait, il a pris le large en ne laissant dans sa caisse que des écritures raturées qui lui vaudront un passe-port pour Cayenne, si on le rattrape.

Encore une sortie un peu mieux amenée qu'au théâtre.

Et moi, toujours aux premières loges! Et une affiche renouvelée tous les soirs. C'est-à-dire que je ne céderais pas ma contre-marque pour trois mille livres de rente.

.*.

Du 5 décembre 1866. — C'était chez des bourgeois.

Vu l'avarice de la maîtresse de la maison, j'exerçais une vraie sinécure; aussi je me tenais dans l'embrasure d'une porte en regardant et en écoutant.

Un monsieur s'approcha de moi et m'adressa la parole, me prenant pour un hôte. Je lui répondis.

Nous causâmes pendant une demi-heure. Il me dit que j'étais charmant. Tout cela, parce que j'étais mieux mis que les **invités.**

Un peu plus tard, quand il me vit passer avec les verres d'eau sucrée, il devint rouge jusqu'aux oreilles.

Était-ce de moi ou de lui qu'il rougissait ?

Je parie que c'était de moi.

.*.

Du 20 *janvier* 1866. — Encore de la musique ! C'est la quatorzième fois que j'entends ces variations, sur l'*Africaine*, du pianiste X...

Pas des variations sur la même corde celles-là, car il en casse une douzaine à la séance. Et on bâille ! et on bâille !

J'ai surpris ce dialogue entre deux invités à propos du virtuose :

— Pourquoi diable paye-t-on cet animal-là pour venir dans les soirées ? A quoi sert-il ?

— A donner envie de causer.

.*.

Du 15 *mars* 1868. — Ah ! la bonne maison ! la bonne maison !

Quatre cents francs chez le glacier, autant chez le tapissier.

La maîtresse de la maison, une demi-mondaine en vogue, avait aux oreilles et au cou pour dix mille francs de diamants.

Impossible, en fouillant dans toutes les armoires, de trouver une serviette pour essuyer une cuillère.

⁂

Observations générales et pensées fugitives.

— J'ai fait une remarque : c'est que dans les soirées, ce sont ceux qui marchent sur les pieds des autres qui consomment tout.

Comme dans la vie.

⁂

— Souvent, en manière de passe-temps, je me suis amusé à endosser le paletot d'un monsieur décoré.

Parole, j'avais l'air presque aussi distingué

avec son ruban rouge qu'il aurait l'air commun
sans lui.

⁂

— Il a manqué, l'autre jour, deux couverts
de vermeil chez le comte de Z...

Il a accusé bien haut les domestiques. Peut-
être parce qu'il soupçonnait tout bas un invité.

⁂

Fragment de conversation :

— Comment vous avez rencontré, ce matin,
sans la reconnaître, madame Y..., que vous
voyez tous les soirs dans le monde ?

— Parbleu ! c'est justement pour cela.

⁂

Ah ! si seulement tous ces gens-là avaient

servi deux fois dans les soirées des autres!
Comme ça les dégoûterait d'en donner pour leur
propre compte!

.*.

J'ai entendu hier un joli mot.

Ils étaient deux dans une fenêtre, parlant
du petit vicomte de R..., qui meurt successivement toutes les semaines pour les beaux yeux
d'une passion différente.

Ils l'appelaient, en riant, le malade imaginaire de l'amour.

.*.

Quels symboles des relations mondaines que
ces petites glaces qu'on apporte dans des co-
quilles : Froideur et écœurement.

.*.

. . . .

Nous bornerons là nos emprunts.

S'ils vous ont mis en goût, guettez l'apparition du volume du *Garçon d'extra*.

LES BANLIEUES

ÉTUDE DE PHILOSOPHIE CONTEMPORAINE

LES BANLIEUES

ÉTUDE DE PHILOSOPHIE CONTEMPORAINE

Vous tous qui avez franchi l'enceinte des
fortifications de Paris, vous avez vu, presque à
côté du talus, commencer une série bizarre de
bicoques fantasques, de masures hybrides, de
villas de pacotille. Tout cela s'est aggloméré
pêle-mêle, comme végètent au hasard les champignons dans les bois. Tant bien que mal la
maison qui poussait s'est accotée à la maison
déjà venue ; les alignements ont été laissés à la

2

fantaisie de chacun ; les rues ont fait leur trouée à travers ces zigzags, sans qu'on sache comment.

C'est la banlieue urbaine, la banlieue qui a tous les inconvénients de la ville sans en avoir les avantages, la banlieue à l'usage des gens qui veulent, sans en avoir le moyen, pouvoir dire : j'habite Paris. C'est la banlieue enfin.

Des spéculateurs, exploitant ce besoin de juxtaposition d'une partie de la population, improvisent de temps en temps, au beau milieu d'une plaine, une tour ou une colonne. Il n'en faut pas davantage pour faire amasser les badauds. Chacun apporte son petit moellon, et la banlieue s'enrichit d'une verrue de plus. Que voulez-vous ! l'attraction du côte à côte d'une capitale est fatale et irrésistible.

Or, comme je traversais l'autre jour un de ces villages qui n'ont ni le charme de la campagne ni l'animation de la cité, et qui restent comme un spécimen véreux de notre civilisation interlope, je me pris à songer que, dans cette civilisation même, les banlieues de tout genre tendent à tenir une place de plus en plus importante. Ne vivons-nous pas à une époque qui, presque en toute chose, se contente de l'à peu près?

Et à mesure que je songeais, les exemples se présentaient plus nombreux à mon esprit, et le défilé ne s'arrêtait pas, et les espèces les plus variées se succédaient à mes yeux.

C'est à cette revue que je désire vous faire assister, à seule fin de vous démontrer que notre temps pourrait prendre dans l'histoire le nom de siècle des banlieues.

Sur quoi je commence par :

LA BANLIEUE DE L'ESPRIT

Relisez les œuvres des satiriques du dix-huitième siècle, des philosophes qui mettaient l'ironie au service du bon sens. Remontez, par

delà les âges, la longue suite des railleurs français, depuis Voltaire jusqu'à Régnier, l'immortel Mathurin, en passant par les *Lettres
persanes*. Quelle pléiade ! ! !

Ceux-là, au lieu de fourbir le mot, s'occu-
paient d'aiguiser la pensée ; ceux-là ne mettaient pas une pointe, mais une lame d'acier
trempé au bout de leurs gouailleries impéris-
sables.

Regardez maintenant tout près de nous.

Le calembour est né, le calembour, ce Prud'-
homme du gros rire, ce fils incestueux de la
banalité et de la goguette.

Puis est venu l'à peu près, puis la queue de
mots. Charenton tout entier à sa proie attaché.

Au théâtre, même progression.

Dans la comédie, c'était la situation qui faisait
jaillir la saillie. Nous avons imaginé le *mot*, ce
placage artificiel, cette superfétation, ce procédé
pour faire un civet sans lièvre, rien qu'avec des
champignons et beaucoup de poivre.

Dans le vaudeville, même décadence. Comparez l'ancien répertoire des franches et saines gaudrioles aux épilepsies maladives de *l'Œil crevé!*

En vérité je vous le dis et je vous le prouve, tout cela n'est plus que la banlieue de l'esprit, et non plus l'esprit même.

Il y a entre nos grivoiseries contournées et les modèles du passé une distance incommensurable, quoique les deux choses semblent se toucher. C'est là le propre des banlieues : de la fenêtre d'un bouge du petit Montrouge on a l'air d'être le voisin direct des tours Notre-Dame.

LA BANLIEUE DE L'ART

Recette infaillible pour portraiturer les bourgeoises dans des attitudes séraphiques et les gardes nationaux dans des poses de héros, recette infaillible qui conduit son nomme à la

2.

cinquantaine de mille livres de rente en un rien de temps.

Hélas! que j'en ai vu sombrer de ces prix de Rome dans la ressemblance garantie avec idéal à prix fixe! Et vous croyez que c'est de l'art, cela? O banlieue!

Pour achever de vous édifier, allez-vous-en à l'ouverture d'une exposition annuelle, et voyez où se rue la foule, aussi imposante par sa majorité que pitoyable par son manque de goût.

Ici elle fait des rassemblements devant la toile d'un monsieur qui a peint, pour prendre l'attention à la gorge, un cheval tricolore ou un chat vert clair. Du barnumisme, rien que du barnumisme.

Là elle se bat pour approcher d'un cadre dans lequel un autre monsieur a représenté un vase de faïence et une lampe Carcel avec tant de vérité qu'on a envie de mettre l'une et l'autre sur ou dans sa table de nuit.

— Voyez donc, c'est admirable! On compterait les fils de la mèche!

— Et le bouton de cuivre! comme c'est nature!

— Et cette goutte d'huile qui est suspendue, on dirait qu'elle va tomber.....

— Sublime!... Vous savez que ce tableau est acheté d'avance 55,000 francs!

— Cela ne m'étonne pas.

Moi non plus, car je vous ai prévenus que la banlieue de l'art était un terrain propice aux spéculations. Mais que pensera de nous la génération qui viendra derrière?

Au tour maintenant de :

LA BANLIEUE DE LA SCIENCE

Parcourez une collection de *la Gazette des Tribunaux*, et vous y verrez, bon an mal an, une cinquantaine de condamnations pour exercice illégal de la médecine. Ajoutez les charlatans exotiques qui ont d'autant plus beau mentir qu'ils viennent de plus loin et se font payer plus cher, les somnambules extra-lucides qui traitent la phthisie par les carottes pilées ou le jus de poireaux, les droguistes qui s'entendent avec un compère pour donner des consultations gratuites, à la suite desquelles le patient paye six francs un remède qui vaut trois sous.

Voilà déjà un assez joli total d'habitants pour la banlieue de la science. Ce n'est rien pourtant.

Il faut y adjoindre ceux qui, diplômés et patentés, se livrent à l'exploitation de l'ignorance par l'ignorance.

Que de docteurs qui, ayant en poche le brevet pour saignare et massacrare, ne sont, eux aussi, que des rôdeurs de la banlieue de science! Que d'inventeurs de planètes, que de faiseurs de gros mémoires auxquels personne ne comprend rien, pas même celui qui les écrit! Voire même que d'académiciens!

Ah dame! elle est très-peuplée, cette ban-
lieue-là. Pas autant toutefois que :

LA BANLIEUE DE L'HONNEUR

Il est avec le ciel de si nombreux accommo-
dements !

On sait, par exemple, qu'on n'a absolument
rien fait pour avoir le droit de porter un ruban
jaune ou bleu ; mais, sous prétexte qu'on l'a payé
comptant, on se donne la permission de l'arborer à sa boutonnière.

On s'appelle Baluzot ou Cramoisan ; on rencontre un généalogiste qui tient les comtés au
plus juste prix. Marché conclu, et l'on devient
de Cramoisan ou de Baluzot.

On est spadassin. On a appris dans les salles
d'armes les ficelles du métier de bretteur, on a
toutes les souplesses que donne l'habitude et
toutes les rubriques aussi. On provoque sans
raison un honnête homme qui passe, on le tue

et l'on se tourne tout fier vers la galerie pour lui demander un petit bravo.

On a reçu le matin un télégramme confidentiel annonçant une catastrophe à la suite de laquelle tel bâtiment a péri. Comme il était chargé de grains, c'est une hausse assurée pour le marché du lendemain. On court chez un ami avec lequel on est en affaire. On lui achète à vil prix, sans le prévenir, ce qui va valoir 25 pour 100 de plus, et le tour est joué.

Et l'on ne s'en croit pas moins honorable pour cela.

Oui, mais honorable de banlieue!

Ce qui nous mène tout droit à une autre sub-division qui s'appelle :

LA BANLIEUE DU CODE

Celle-là est limitrophe avec la précédente; la frontière qui la sépare n'est pas toujours par-faitement visible à l'œil nu; elle l'est cependant,

Dans la banlieue du Code sont logés tous ces gens qui s'embusquent incessamment à la lisière des cours d'assises, comme les voleurs à la lisière d'un bois.

Tourner successivement chaque article de la loi, côtoyer Mazas sans y tomber jamais, voir toujours de loin les côtes de Cayenne sans y aborder, c'est le secret de quelques milliers d'individus dont quelques-uns jouissent de fort beaux revenus, même d'une apparente considération.

Population de tripoteurs suspects, de louches agioteurs, d'usuriers cauteleux, de criminels impunis, d'agents d'affaires, loups-cerviers, la banlieue du Code est un des pays les plus curieux à explorer, et fournirait à elle seule matière à plusieurs romans en dix volumes.

Avis à qui de droit. Quant à moi, je poursuis, ou plutôt je termine, quoique la nomenclature soit loin d'être complète.

J'aurais encore à vous faire visiter bien des banlieues :

La banlieue du mariage, où vivent incognito tant de ces faux ménages que mon ami Pailleron a mis en scène aux Français;

La banlieue de la conviction, habitée par les hommes politiques dont le dévouement est marqué en chiffres connus;

La banlieue..... etc., etc,

Le plus drôle, c'est que, s'il y avait des octrois et que l'on y demandât à chacun de ces gens-là s'ils ont quelque chose à déclarer, ils répondraient tous avec candeur :

— Moi, rien du tout.

Et ils le croiraient peut-être!

LA PORTE DE CLICHY

LA PORTE DE CLICHY

— Tiens! on vend la prison de Clichy.

— Ah bah!... La porte de Clichy a joué un grand rôle dans mon existence.

Ainsi parlait, l'autre soir, au cercle des....., un de ces hommes à la verte allure qui portent leurs cheveux grisonnants comme un ornement.

— Quel rôle? demandèrent plusieurs voix.

— L'histoire! l'histoire!... insistèrent plusieurs autres.

— Messieurs, ce n'est point une histoire, ce serait tout au plus une série de sensations, et je craindrais de vous ennuyer en...

— Non! non!...

— Vous le voulez ?

— Oui !

— Soit !

Et le causeur, s'adossant commodément dans son fauteuil :

Je vous ai dit, messieurs, que la porte de la prison pour dettes avait eu dans ma vie une part d'influence plus grande qu'il n'est en usage.

Il faut, pour retrouver mes premières impressions à ce sujet, que je remonte bien haut, ma foi...

J'avais alors dix ans.

***

Bambin terrible, j'habitais, avec mon père, les hauteurs du quartier batignollais ; — et chaque fois que nous passions devant l'huis redoutable, gardé par une sentinelle inamovible :

— Tu vois bien, Albert, me disait mon père, c'est là qu'on te mettrait un jour, si tu n'étais pas sage...

Vous l'avouerai-je ?

Au lieu de m'épouvanter, ce refrain paternel m'avait inspiré un sentiment profond de curiosité.

Que se passait-il à l'intérieur de cet édifice mystérieux ? Qu'y ferait-on de moi, si je n'étais pas sage ?

Un peu plus j'aurais interrogé le factionnaire !...

Le temps cependant avait marché.

J'avais vingt ans.

*
* *

Et j'ignorais toujours le mot du problème de Clichy.

Un jour seulement, j'avais vu s'ouvrir la porte fameuse.

Un fiacre avait roulé sous la voûte.

De la rue j'avais aperçu une cour, des bar-reaux, un homme descendant du fiacre...

Un homme qui n'avait donc pas été bien sage?

Mon Dieu, j'étais naïf, très-naïf. Je vous l'ac-corde.

Élevé au foyer de la famille, j'avais des can-deurs réelles.

Mais, en même temps, de non moins réels désirs de savoir.

— Dis donc, demandai-je un jour à un de mes amis, sais-tu ce qu'on fait à Clichy?

Il me regarda.

Je réitérai ma question.

Il me rit au nez.

— C'est sérieux, fis-je.

— Eh bien, si tu désires être bien renseigné, renseigné par toi-même, adresse-toi...

— Où cela?

— Au bal Mabile, un soir... La première
dame à droite ou à gauche...

Le bal Mabile!

Je n'aurais jamais pensé peut-être à y mettre
le pied.

Mais cette damnée curiosité !

Je partis à la dérobée. J'arrivai.

— La première dame à droite ou à gauche,
m'avait dit mon cicérone.

Il y en avait non pas une, mais dix, vingt...

Bravement j'allai droit à une...

Une brune superbe, messieurs... avec des
yeux !...

J'avais pris mon courage à deux mains, et
d'une voix à peine tremblante :

— Pardon, madame...

La belle de nuit me toisa avec étonnement.

Evidemment son jeu de physionomie voulait
dire :

— Que me veut ce garçon embarrassé? Je ne
sais d'où il sort...

Mais moi, entêté comme un Breton que je suis, dans ma première idée :

— Pardon, madame, j'aurais un service à vous demander.

— Vraiment! répliqua-t-elle en riant malgré elle, ce qui me laissa voir trente-deux dents d'un tranchant!... mais aussi d'un brillant!...

— Madame, j'ai un désir... un désir irrésistible...

— Et lequel ? interrogea la brune, en clignant ses yeux veloutés.

— Je voudrais savoir ce qu'il y a derrière la porte de Clichy ; et un de mes amis m'a dit que vous pouviez mieux que personne m'aider à franchir cette porte endiablée.

Pour le coup ce fut un éclat de rire colossal.

— Ah çà ! mais il est drôle , ce petit... Ah! ah!... Mais j'ai presque envie de l'aimer un peu...

— Beaucoup si vous voulez, pourvu que vous me fassiez connaître Cli...

— J'en réponds !...

Elle avait raison, messieurs. Bien raison !

Elle fit les choses magnifiquement.

En six mois, trente-cinq mille francs de lettres de change, huit prises de corps.

Un matin comme je la quittais, trois escogriffes me happèrent.

— Où me menez-vous ?

— A Clichy.

— Enfin !...

Les escogriffes firent avancer un remise.

Hurrah !...

La porte de Clichy s'était ouverte pour moi !... et refermée sur moi !

J'eus trois ans pour satisfaire ma curiosité, car mon père ne voulut jamais convenir que c'était sa faute et qu'il avait eu tort d'éveiller en moi des désirs d'investigations précoces...

Quant à mon professeur féminin, je ne la revis jamais... Elle était peut-être allée donner des leçons à l'étranger.

3.

Mais c'est égal, messieurs.

Quand je passe, moi, homme grave et marié, devant la porte de Clichy, c'est maintenant encore une émotion!... Le souvenir de la jeunesse! des trente-deux dents de...

Chut!... Mon fils qui vient!

Surtout, je vous en supplie, ne parlons jamais devant lui de la porte de Clichy!

LE VERBE SURFAIRE

LE VERBE SURFAIRE

———

S'il est, dans la bonne langue française, un verbe d'une application fréquente, c'est à coup sûr celui-là.

Sur tous les modes et dans tous les tons, nous ne voyons que lui, encore lui, toujours lui ! C'est le mot de la situation, comme on dit au théâtre. A lui seul, il résume les trente ou quarante dernières années que nous venons de traverser. Et je vais le prouver tout à l'heure, suivant l'expression du bon La Fontaine.

I. — MODE COMMERCIAL

— Madame désire..

— Une broche.

— Si madame veut prendre la peine de s'asseoir. Quel genre de broche, madame ?

— Je ne suis pas fixée.

— Ceci? C'est tout ce qui se porte de plus commun.

— Non.

— Cela ? C'est tout ce qui se porte de plus distingué.

— Non.

— Cela alors ? C'est tout ce qui se porte de plus...

— Montrez-moi cette broche... là-bas... avec un camée entouré de perles.

— Un modèle admirable.

— Combien ?

— Dix-sept cents francs.

— C'est trop cher.

— Madame remarquera que les perles...

(*La cliente se lève pour sortir.*)

— Madame ne trouvera pas...

(*La cliente se dirige vers la porte.*)

— Je ferai une concession à madame pour avoir sa pratique... je la lui laisserai à seize cents...

(*La cliente, toujours sans parler, met la main sur le bouton.*)

— A quinze cent cinquante, mais c'est le dernier prix : j'échange mon argent.

(*La cliente tourne le bouton.*)

— Quel prix madame voulait-elle donc?

— Douze cents francs au plus.

— C'est impossible.

(*La cliente pose le pied dans la rue.*)

— Si madame veut donner son adresse, on lui portera la broche dans une heure.

je n'en veux plus!

II. — MODE LITTÉRAIRE

La scène représente l'Institut.

On embaume, par le procédé Gannal de l'oraison funèbre, un *Quarante* trépassé.

Et le néophyte, qui tient à remercier l'homme qui eut l'esprit de trépasser pour lui céder la place :

— Non, messieurs, non !...

Celui que nous pleurons ne sera pas remplacé.

Ce fut à la fois l'homme privé le plus chaste, l'homme politique le plus perspicace, l'homme de lettres le plus éminent.

A côté de ce colosse, je ne suis qu'un chétif pygmée...

Etc., etc., etc.

Là-dessus, les journaux qui, s'ils n'avaient pas été provoqués et agacés par ces éloges funèbres, sur lesquels on aurait peut-être gardé le silence, nous empoignent le défunt qu'on a apothéosé et nous le roulent sur les orties durant trois cent-soixante colonnes.

A qui la faute ?

Au *surfaiseur*.

III. — MODE MÉDICAL

On lit partout (deux francs la ligne anglaise) :

La *lentillescière* est plus qu'un remède, c'est un miracle en paquets.

Pas une maladie ne lui résiste : les gras maigrissent grâce à elle ; les maigres engraissent ; les gens qui en consomment deviennent bruns ou blonds à volonté.

Le foie, le cœur, la rate, le poumon, le pancréas, le cerveau, le cervelet, les nerfs, les muscles, le sang. . . . .

Chœur des gens qui ont le sens commun :

— Qui veut trop prouver ne prouve rien... Tu n'auras pas mes cent sous, successeur de Bilboquet.

IV. — MODE JUDICIAIRE

Le prévenu est à son banc, l'avocat est au sien.

L'avocat se lève; il s'agit d'une accusation d'assassinat :

— Oui, messieurs les jurés, oui, cet homme est pur !

Vous ne le condamnerez pas !

Vous l'acquitterez, car nous voulons un acquittement !

Et nous l'aurons !

Messieurs les jurés, c'est la victime qui s'est empoisonnée elle-même pour perdre mon client de réputation. Elle lui en voulait, elle a imaginé cette basse vengeance.

Joseph Calumard, la justice de ton pays t'absoudra. Elle le doit, car tu es le plus honnête homme que j'aie jamais rencontré, et si j'avais

une fille je ne voudrais pas d'autre gendre que
toi!...

Après cinq minutes de délibération, le jury,
à l'unanimité, rend un verdict qui condamne le
pauvre Calumard à la peine de mort.

Si l'on s'était, au lieu de surfaire cet aimable
gredin, contenté de plaider les circonstances
atténuantes, on l'aurait sauvé sans doute.

Mais....

V. — MODE AMICAL

Ils s'en vont dix, vingt, tous devisant sur les
boulevards, la veille de la publication du livre.

— C'est ce qu'on a écrit de plus fort en français depuis Voltaire.

— Un chef-d'œuvre!

— Il n'a pas seulement du talent, il a du
génie.

— Quel géant!

Le livre paraît.

Le public surexcité se dit :

— Comment ! ce n'est que ça !

Et la première édition reste pour compte chez le libraire.

VI. — MODE SENTIMENTAL

Avant le mariage :

— Ma vie tout entière !... Oh ! oui, tout entière !... Nous ne nous quitterons jamais !   -
mais !... Toutes mes soirées seront passées près
de vous... Toutes mes pensées seront pour
vous... Tous....

Trois mois après, le revers de la médaille.

On a trop voulu prouver, on a habitué l'esprit
de madame à un idéal, et cet idéal, ne le trou-
vant pas chez elle, elle ira le chercher ailleurs.

VII. — MODE DRAMATIQUE

La claque en délire. — Tous ! Tous ! L'auteur !
qu'on le traîne sur la scène !

Les voisins de ces énergumènes odoriférants, justément exaspérés, tirent leurs clefs de leurs poches et sifflent avec rage.

VIII. — MODE POLITIQUE

Voir les documents officiels de toutes les époques.

Relire ensuite l'histoire de toutes les révolutions.

IX. — MODE ARTISTIQUE

Au Salon :

Oh ! ah !... sublime ! quelle patte !..... quelle pâte !...

Les passants. — Éloignons-nous... Il y a des émeutes d'enthousiasme.

X. — MODE HISTORIQUE

Hier. — Béranger : l'impérissable. Casimir Delavigne : l'immortel. Chateaubriand : l'incomparable.

Aujourd'hui. — Béranger : bourgeois. Casimir Delavigne : guimauve. Chateaubriand : outre !

XI. — MODE ÉLÉGIAQUE

On enterre l'oncle Balhaumois. Derrière le corbillard un monsieur se tord dans des convulsions.

Après la cérémonie, le même monsieur, soutenu par ses amis, revient au domicile du défunt.

— Non!... Je ne me consolerai pas ! Pauvre oncle!... On m'a dit qu'il avait fait un testament... c'est horrible !... Prononcer de ces mots-là sans comprendre qu'ils torturent un noble cœur... Je n'en veux pas de ces biens... Je ne veux que le souvenir de sa tendresse.

Soyez certains d'avance que dans trois mois l'oncle Balhaumois sera mangé aux trois quarts par ce trop bruyant inconsolable.

MORALE

Pourquoi le verbe *surfaire* est-il encore un verbe en exercice ?

Il ne fait pourtant plus illusion à personne.

Allons, voyons ! Prenons donc une bonne fois l'habitude de marquer nos sentiments, nos gloires, nos enthousiasmes, nos douleurs, nos remèdes, nos admirations en chiffres connus.

UNE CAUSE CÉLÈBRE

UNE CAUSE CÉLÈBRE

ÇOUR D'ASSISES DE L'HISTOIRE NATURELLE

PROCÈS CURIEUX. — DÉTAILS ÉTRANGES.

ACTE D'ACCUSATION. — TÉMOIGNAGES. — PLAIDOIRIES.

CONDAMNATION.

Ce procès, destiné à avoir un immense reten-
tissement, avait attiré dans la salle des assises
une affluence considérable, composée d'animaux
de toutes les espèces.

Le siége présidentiel est occupé par le Renard, célèbre entre tous pour la finesse de ses jugements ; les fonctions du ministère public sont remplies par le Perroquet, la défense est présentée par la Pie.

On introduit l'accusé.

Il paraît ferme et presque provocateur, mais on sent qu'au fond de sa conscience il est profondément troublé.

LE PRÉSIDENT. — Vos noms et qualités?

L'ACCUSÉ. — Je m'appelle *Homme*, j'exerce la profession de *roi de la Création*.

LE PRÉSIDENT. — C'est du moins un titre que vous avez toujours pris ; le ministère public voit là une usurpation qui met à votre charge un délit de plus. Asseyez-vous ; vous allez entendre la lecture de l'acte d'accusation.

ACTE D'ACCUSATION

Depuis de bien longues années, un être, doué de toutes les audaces, semait l'épouvante dans toutes les classes d'animaux qui couvrent le globe.

Ses méfaits et ses forfaits, à force d'horreur, avaient fini par devenir légendaires et, entourés d'une sorte d'auréole, inspiraient une terreur quasi superstitieuse. A l'abri de ce prestige, l'abominable personnage qui va aujourd'hui passer en jugement et expier sa longue suite de crimes redoublait de cynisme, de hardiesse et de férocité.

Chaque jour de nouveaux massacres s'ajoutaient aux massacres anciens; chaque jour c'étaient de nouveaux exemples de barbarie, et à mesure que le prévenu se disait plus civilisé, il semblait qu'au contraire les raffinements de sa cruauté devinssent plus horribles.

Ce n'est pas tout.

Non content de verser le sang des innocents, il déshonorait ceux qu'il ne tuait pas; il séquestrait les uns, réduisait les autres à la plus humiliante des servitudes, exerçait contre les ani-

4.

maux sans défense des sévices inqualifiables, bref il était devenu pour tous un objet d'exécration et d'effroi.

En ces conjonctures, la justice terrestre ne pouvait à jamais rester désarmée. Il fallait secouer ce joug détesté, s'affranchir de cette tyrannie animalicide.

C'est ce qui a été fait, grâce au ciel.

L'homme détrôné et mis en captivité, à la suite d'une insurrection générale de toute la création, va comparaître enfin devant un tribunal qui lui fera expier comme il le mérite toutes ses scélératesses.

Prévenu de 480 crimes ou délits dont l'énumération est annexée au présent acte d'accusation, il ne peut espérer ni mériter aucunes circonstances atténuantes.... «

Cette lecture, écoutée avec un religieux silence, est accueillie par des cris de vengeance.

Le Président rappelle l'assemblée au sentiment de sa dignité.

— Victimes de la force pendant si longtemps, dit-il, n'en abusons pas à notre tour, et laissons à la justice toute sa sérénité. Je vais procéder à l'interrogatoire : « Accusé, levez-vous. Vous avez entendu quelles charges terribles pèsent sur vous. Qu'avez-vous à répondre pour votre justification ?

— J'ai usé de mon droit.

— Quels codes ont consacré ce droit ?

— Les codes que j'ai faits.

— Il suffit.

— Je n'ai d'ailleurs agi que pour le bien.

— Oui, pour le vôtre.

— J'ai été élevé dans les idées absolutistes; j'ai cru que je pouvais régner conformément à ces principes.

— Qui ne sont qu'une absence de principes complète. Est-ce tout ce que vous avez à dire ?

— Oui, mon avocat fera le reste.

— Vous avez tort de vous en rapporter à lui. Dans votre intérêt...

— Je n'y puis rien.

— Soit. Nous allons procéder à l'audition des témoins à charge. Qu'on introduise le Cheval.

Le témoin s'avance en piaffant et avec un hennissement de colère.

— Je suis un des opprimés qui ont eu le plus cruellement à souffrir des mauvais traitements de l'accusé. Non content de me réduire en esclavage, il m'a rendu ridicule en m'infligeant des déformations qu'il avait la sottise de prendre pour des embellissements, car chez lui l'arrogance est doublée d'ineptie. C'est ainsi que de la créature élégante et forte que Dieu avait faite, il a travaillé à extraire un animal étiré, hideux, emmanché d'un cou ridicule que des messieurs appelés *petits-crevés* montent dans les *steeple-chases*. J'en ai bien cassé quelques-uns de ces messieurs-là, mais ce n'est point assez ; la justice doit avoir son cours. Ajoutez à tout cela que pour me récompenser, après une existence de bons et loyaux services, l'Homme ici présent a imaginé de me tuer pour me manger, comme si la nature entière ne suffisait pas à ses envahissements de cruauté. J'ai dit.

Le Président. — Qu'on introduise le Lion.

Le Lion, *secouant fièrement sa crinière.* — J'aurais tout pardonné à l'accusé ; c'était entre nous deux un duel à mort, et quelque inégales que fussent les armes, je ne me serais pas plaint ; mais il a eu lui, mon adversaire, la lâcheté de m'avilir. Il m'a exhibé dans ses cirques ; changé en saltimbanque comme lui, il m'a déshonoré en se déshonorant lui-même. Je le hais et le méprise.

Le Président. — Contenez-vous, témoin.

Le Lion. — Voyez sur mon échine les traces laissées par les coups de cravache des baladins, voyez les marques de fer rouge à l'aide duquel ils m'ont dompté et abêti. Comment pourrais-je rester calme au souvenir de ces infamies ?

Un frisson parcourt l'auditoire, et le Lion, en

regagnant son banc, reçoit des témoignages de sympathie nombreux.

Le Président. — Qu'on amène le troisième témoin.

Le Chien. — Je ne vous le cacherai pas, j'ai aimé, aimé sincèrement le prévenu. En échange même de ses coups, je lui léchais les mains. Savez-vous ce qu'il a inventé pour me remercier? La muselière qui me change en hydrophobe. De l'ami qui se dévouait pour lui aux rudes labeurs de la chasse, du compagnon de son foyer il a fait un esclave. Tout ce qu'il approche est abaissé. Je l'ai aimé; je ne l'aime plus et je l'entendrai condamner sans émotion.

Le Président. — Qu'on introduise le quatrième témoin.

La Perdrix, *d'une voix coupée par les sanglots*. — J'avais... trois enfants... tous les trois doux... innocents... battant joyeusement des ailes au soleil... Il me les a tués tous les trois... Il me les... a...

LE PRÉSIDENT. — Il suffit; votre douleur est à elle seule le plus éloquent des témoignages. Qu'on introduise le cinquième témoin.

LE BŒUF. — Qu'il me mît à mort pour satisfaire ses appétits insatiables, passe encore; mais me promener comme un hochet, mais me parer pour le supplice, mais escorter ma mort de cris de joie et de refrains !... mais faire de mon égorgement un prétexte à débauches appelées *carnaval*... L'Homme est sans cœur... L'Homme doit être condamné.

LE PRÉSIDENT. — Au sixième témoin.

LE MOUTON. — Bai!... bai!...

LE PRÉSIDENT. — Vous dites ?

LE MOUTON. — Bai!... bai!...

LE PRÉSIDENT. — C'est tout ce que vous savez de la cause ?... Oui... Allez-vous-en... A l'Abeille.

L'ABEILLE. — On vous a prouvé que l'Homme est un assassin; je viens attester, moi, qu'il est aussi un voleur. Trop paresseux pour savoir faire le miel, il a jugé plus convenable de me dépouiller sans indemnité. Et c'est ce même être qui se plaint ensuite pour son compte de l'expropriation!... N'ayez pas de pitié pour lui, car il n'a eu de pitié pour personne.

On entend encore plusieurs douzaines de témoins à charge... La liste enfin étant épuisée, le Président appelle les témoins à décharge.

Personne ne répond.

LE PRÉSIDENT. — La parole est au Perroquet, faisant fonction de ministère public.

Le Perroquet prononce un long et émouvant réquisitoire qu'il termine ainsi :

— Le tribunal le voit, tous les forfaits, l'Homme les a commis. Il les a même compliqués par un dernier et odieux attentat. Abusant d'une ressemblace fortuite, il a cherché à parodier notre ami et confrère le Singe, sans doute pour pouvoir faire planer sur sa tête une part de soupçons. Vains efforts!... L'Homme

est coupable, sans circonstance atténuantes. Je
demande la peine capitale.

Le Président. — La parole est à l'avocat du
prévenu.

La Pie. — L'Homme est... l'Homme a...
l'Homme... Ma foi, j'ai oublié ce qu'il m'avait
appris pour sa défense, et comme je ne trouve
rien de mon propre cru pour excuser ses vilenies, j'y renonce.

Le Tribunal passe, sur cette déclaration, dans
la salle des délibérations, d'où il sort au bout
d'une heure. (*Profonde attention!*)

Le Président, d'une voix accentuée, prononce
l'arrêt suivant :

« Considérant que l'accusé appelé Homme est
coupable sur tous les chefs ;

» Considérant toutefois que la peine capitale
serait infiniment trop douce pour lui;

» Par ces présentes, le condamnons à continuer à vivre pour assister à toutes les re-
vanches que les animaux vont prendre, et à

être à jamais réduit en esclavage jusque dans sa postérité la plus reculée.

LE PRÉVENU. — Je vous brave. J'ai l'intelligence pour moi !

LE PRÉSIDENT. — Ne rappelez pas une circonstance aggravante qu'on avait oubliée. Qu'on emmène le condamné !

La foule s'écoule en donnant des signes de joie allant jusqu'à l'enthousiasme.

Le Chien seul essuie une larme qui a coulé malgré lui.

LA SAINT-CHARLEMAGNE

LA SAINT-CHARLEMAGNE

Saint Charlemagne !...

Saint Charlemagne !...

Saint Charlemagne !...

C'est à toi, s'il te plaît, illustre patron de l'indigestion, que ce chapitre est dédié. C'est à toi, qui laisses dans les cœurs et les estomacs de chaque génération de si suaves souvenirs.

Pourquoi as-tu eu l'honneur inattendu d'être choisi pour prétexte culinaire par l'Université, désireuse de faire exception une fois l'an à sa règle générale de frugalité ? Pourquoi ?...

J'ai vainement scruté à cette occasion les mystères de l'archéologie et les archives de la tradition. Rien. Et pourtant il doit avoir une cause, cet usage immémorial qui met l'espoir de la patrie aux prises avec des poulets pour qui le mot *embonpoint* n'a jamais été français, et un champagne récolté dans les fameux vignobles de la maison Seltz et Cie.

Saint Charlemagne!

∴

Saint Charlemagne!

Tu viens ainsi, chaque année, couronner par tes agapes scolaires la grande série des fêtes de l'alimentation.

Le réveillon a ouvert la marche avec ses nocturnes invitations à la gastralgie; puis est arrivé le jour de l'an avec ses dîners de famille; puis les Rois, apothéose du légume sec. Après quoi, tu apparais tenant à la main une casserole radieuse.

Oh! les réminiscences de jadis! Toutes les fois que le regard rencontre ta date solennelle dans le calendrier ou dans la rue, les collégiens qui sont sortis de ton banquet le teint émeril-lonné, toutes les fois nous ressentons involontairement le courant du passé et nous nous rappelons.

Car tu es un fouilleur de ruines.

Saint Charlemagne!

Saint Charlemagne!

Les ruines que tu fouilles sont celles de notre insouciante jeunesse. Toutes les illusions se tiennent en ce monde.

En ce temps-là, (qu'il est loin déjà, mon Dieu!) nous n'avions pas encore émoussé nos émotions et nos sensations; en ce temps-là nous croyions à tout, même à la fraîcheur immaculée des pâtés du lycée.

Et d'avance c'étaient des espérances, des angoisses, des incertitudes!

Ceux qui déjà avaient assisté au repas les années précédentes, faisaient à leurs camarades émerveillés des récits légendaires. Ils redisaient sur le mode majeur et les méringues à la crème du dessert et la galantine du premier service.

Ils allaient jusqu'à parler de truffes.

Saint Charlemagne!

∴

Saint Charlemagne!...

Ils allaient jusqu'à parler de truffes! Et sérieusement, et sans broncher!

Où les avaient-ils prises? Dans leur imagination surexcitée, sans doute. N'importe!

L'effet n'en était pas moins produit.

On écoutait avec recueillement; on pointait les journées sur l'almanach.

Plus que dix! Plus que neuf! Plus que cinq!

Plus que quatre, trois, deux!... C'est demain!!!

Et à ce propos, permets-moi encore, ô saint mémorable, de t'adresser une très-humble observation. Es-tu parfaitement sûr que cette provocation à la gourmandise soit exempte d'un matérialisme tant soit peu prosaïque? Es-tu bien sûr qu'il n'y aurait pas de meilleurs et de plus dignes moyens de primer le travail? En es-tu bien sûr?

C'est un scrupule que je te soumets.

Saint Charlemagne!

Saint Charlemagne!

Quoi qu'il en soit et quoi que tu en penses, il faut reconnaître que c'était un jour marqué de blanc pour nous.

Enfin l'heure avait sonné.

5.

Sur deux de front, en colonnes, nous nous dirigions vers le réfectoire, lieu choisi pour la consommation... de la consommation.

La porte s'ouvrait. O baron Brisse!...

C'était un fier spectacle.

Les six plats et le dessert, tout était étalé pompeusement. Tout!

Ici les hors-d'œuvre, là l'entremets, sans oublier la pyramide d'oranges. Le silence était profond. Les mâchoires commençaient à fonctionner.

Et aussitôt se révélaient les instincts de chacun. Car un observateur pourrait, à tes tables, charger de notes son calepin.

Saint Charlemagne!

∴

Saint Charlemagne!

Il y verrait le prodigue se trahir par le plaisir bête avec lequel il *gâchait* (le mot était du maître d'études) tout ce qu'il empilait dans son assiette. L'avare, au contraire, préludait à sa façon. Vite dans ses poches tout ce qu'elles pouvaient contenir.

Il y avait aussi le boursier, pauvre cher enfant, qui cachait, en rougissant bien fort, un gâteau pour le porter à sa petite sœur qui l'attendait en grelottant dans quelque mansarde. Elle mangeait si rarement des gâteaux, la petite sœur !

Mais, chut!... Toute médaille a son revers. Voilà le moment de l'expiation.

Saint Charlemagne !

Saint Charlemagne !

Vous devriez protéger vos amis de dix à dix-huit ans contre les avalanches de vers qui s'abattent au dessert de vos anniversaires sur les convives en mal de digestion.

Vous le devriez d'autant plus que, sans exception aucune, tous ces poëtes en herbe n'ont
jamais produit plus tard que d'affreux fruits
secs, souvenez-vous-en.

Mais à cet âge-là une mauvaise demi-heure
est bientôt passée.

On applaudissait à [tout rompre, afin d'entendre moins ; puis on s'élançait, aussitôt l'é-
cluse des alexandrins refermée, on s'élançait
au dehors avec de triomphales attitudes.

Palsambleu !... Comme on avait hâte de se
camper à la mode des messieurs du jour ! Comme
on fumait avec nausée, mais avec orgueil, le
cigare défendu.

Pardonnez-nous, nous ne savions pas combien nous étions ridicules !

Saint Charlemagne !

.˙.

Saint Charlemagne !

Elles sont malheureusement loin, bien loin
de nous ces journées-là. Mais il me semble qu'il
y aurait un moyen de les faire revivre pour les
enfants-hommes. Et pourquoi pas, s'il vous
plaît?

Tenez, écoutez un peu le projet que j'ai formé
à votre intention.

A côté de la fête des petits, ne pourrait-on
pas instituer le banquet des grands.

A ce banquet seraient réunis tous les premiers et toutes les premières de l'année, autrement dit tous ceux qui auraient à un titre quelconque et dans un pays quelconque figuré au
premier rang de l'actualité.

Il me semble déjà voir cette innovation réa-
lisée.

Quels côte-à-côte imprévus! Quelles sur-
prises!

Voulez-vous que nous dressions pour 1868
une liste imaginaire?

Saint Charlemagne!

*
* *

Saint Charlemagne !

Il serait véritablement curieux le banquet de 1869 !

M. de Bismark, premier en cuissance, y serait chargé de découper.

Thérésa, au-dessus, chanterait un refrain.

M. Chassepot, premier en armurerie, y prendrait place à côté de Gounod, premier en musique.

Victor Hugo, premier en poésie dramatique, dirait des vers qui, ceux-là, n'auraient rien de commun avec les mirlitonnades de notre enfance.

M. Laya, premier en banalité, serait en face de Dumas fils, premier en audace littéraire. (*Affaire Clémenceau*.)

L'éléphant ascensioniste et le singe quadrumane, premier en culbute, rempliraient les intermèdes.

Mais il est malheureusement trop tard. Ce
sera pour l'année prochaine. D'ici-là, méditez
l'idée, mûrissez-la, et au revoir !

Saint Charlemagne !

LES FAUX VOYAGEURS

LES FAUX VOYAGEURS

Notre époque falsifie tout.

La cour d'assises récompense journellement comme ils le méritent des gens qui ont falsifié le papier joseph de la Banque de France.

La beauté a inventé et propagé les fausses dents, les faux cheveux, les fausses couleurs...

La salle Herz et l'Opéra n'en sont plus à compter les fausses notes; la rue Bréda tient boutique de fausses amours.

Le monde entier regorge de faux bonshommes, de faux nobles, de faux riches, de faux braves, de faux dévots...

Il restait au dix-neuvième siècle à donner le
jour au faux voyageur, ce qu'il n'a pas manqué
de faire.

Vous l'allez voir.

.⋆.

Un bout de généalogie vous mettra tout de
suite sur la voie.

Le faux voyageur est le produit incestueux
de la vanité et du chemin de fer.

Jadis, au temps de la patache, au temps même
où florissaient Lafitte et Caillard, le déplacement
n'était pas à la portée de tout le monde; le
voyage était plus une fatigue qu'un plaisir.

Enfin la vapeur vint, et, la première en
France... implanta l'habitude de se déplacer
quand même.

Le ruisseau de la rue du Bac, si cher à feu
madame de Staël, ne suffit plus aux goûts loco-
motifs et champêtres des citoyens de Paris.

Il faut voyager !

Du monde des grands seigneurs au monde des petits quincailliers, le *part qui peut* est un mot d'ordre qu'il est indispensable de connaître et de pratiquer si l'on tient à sa réputation.

De là le faux voyageur.

.*.

Le faux voyageur n'a pas d'âge, il n'a pas même de sexe; car on a vu, on voit souvent des fausses voyageuses.

Le faux voyageur a encore moins de rentes, — ou s'il en a, c'est si peu ! Juste de quoi lui faire sentir le malheur de ne pas en avoir davantage.

Vous comprenez les angoisses de ce Tantale.

Si bien qu'un jour il a secoué le front d'un air révolté :

— Et moi aussi je voyagerai ! s'est-il écrié.

Restait à passer de la théorie à la pratique. Et voici comment il s'y prit.

.

Quand arrive le joli mois de mai, le faux voyageur a déjà dressé ses plans et préparé ses batteries.

Il a eu soin d'informer ses amis et connaissances de son intention de faire pendant l'été un *grand voyage...*

Il a poussé la conscience jusqu'à emprunter à un desdits amis deux malles — qu'il ne lui rendra jamais.

Cela fait, il se met en quête d'une chambre meublée, dans les prix doux. La chambre meublée est sise d'ordinaire aux Ternes, aux Batignolles, à Vaugirard.

Le faux voyageur se défie d'Auteuil ; c'est trop cher, et puis on peut être rencontré.

.

Le moment du départ a sonné.

Le faux voyageur a passé deux soirées à mettre sous enveloppe plusieurs douzaines de cartes de visite qu'il a toutes rehaussées d'un P. P. C. inscrit à la main en lettres gigantesques.

P. P. C... Pour prendre congé!... Comme cela pose un homme!

Puis il se rend en cérémonie chez les personnes les plus importantes de son aimable société.

— Chère madame, c'est la dernière fois que j'ai le plaisir de vous voir.

— Par exemple!

— Oh! pour cette année... Au retour de l'hiver, vous me trouverez un des plus assidus à vos raouts!...

— Vous partez en voyage?

— Mon Dieu! oui. Ce Paris est abominable en été!

— Le fait est...

— Non, c'est plus fort que moi... Je sais bien que cela me fait faire des folies, mais j'aime mieux économiser l'hiver et vagabonder l'été...

— Vous avez bien raison.

— Peut-être aurai-je, belle dame, le bonheur de vous rencontrer sur une plage quelconque ou au coin de quelque bois lointain; car vous voyagerez aussi, j'imagine?...

— Mon Dieu... je le voudrais; mais mon mari...

— Ces cruels maris n'en font jamais d'autres!... Retenir une pauvre femme dans cette prison macadamisée qu'on appelle Paris! Il faut n'avoir pas de pitié... Madame, j'ai bien l'honneur...

* *

— Est-il heureux! pense la femme mariée...

Et cette réflexion peut mener loin.

On a vu des femmes se laisser enlever pour le plaisir du voyage.

* * *

Que fait le faux voyageur? demanderez-vous peut-être. A quoi occupe-t-il ses mois de disparition?

Il se cache.

Et puis?

Et puis, quelquefois — mais prudemment — il se risque à faire une partie de boules dans le chemin de ronde avec les Nestors de sa banlieue.

Heureux coquin!

En janvier, Dugousset racontait dans les salons qu'il avait employé l'été à visiter l'Orient, la Syrie, les Lieux Saints.

Il donnait des détails très-curieux sur Abd-el-Kader.

Il offrait aux dames des curiosités orientales qu'il avait achetées dans le bazar algérien de la place du Palais-Royal.

6

*
* *

Mais il y eut plus fort.

Dugousset écrivit les impressions de ce voyage qu'il n'avait jamais fait.

Le livre fut acheté par un éditeur; il eut beaucoup de succès.

Un critique en rendit compte en ces termes :

« Cet ouvrage consciencieux réforme beaucoup d'erreurs propagées sur le Levant par les auteurs qui parlaient sans avoir vu..... »

Dugousset, lancé, gagne maintenant douze mille francs à faire des romans orientaux.

Ce qui prouve que le métier de faux voyageur n'est pas si sot que les lecteurs de Dugousset!

ÉCHOS DE CHASSE

ÉCHOS DE CHASSE

I. — LE DÉPART

— Surtout, Alfred, sois prudent...

— Oui, mon amie.

— Tu sais que l'an dernier tu as failli prendre un rhume de cerveau.

— Oui, mon amie.

— Et puis avec ces maudits fusils un malheur est si vite arrivé!

— Oui, mon amie.

— Je t'ai mis dans ta carnassière un paquet
de journaux.

— Oui, mon amie.

— C'est une collection de faits divers, tous
relatifs à des accidents de chasse.

— Oui, mon amie.

— Le matin en te levant et le soir en te cou-
chant tu en liras deux ou trois, et cela te rap-
pellera le danger.

— Oui, mon amie.

— Tu m'écriras?

— Oui, mon amie.

— Je...

— Oui, mon amie.

— Les...

— Oui, mon...

— Notre...

— Oui...

II. — A LA GARE

— Si c'est un métier!

— Des trains supplémentaires toute la journée !

— Et pas un centime de gratification.

— Faut bien que les gros bonnets du Conseil d'administration s'octroient leurs jetons.

— Et pendant ce temps-là les malheureux emp'oyés...

— Encore un convoi à organiser.

— Du propre! avec leurs chiens qui détériorent tout dans les compartiments.

— Si mon pauvre oncle vivait! lui qui m'avait donné de l'éducation dans l'espoir que je deviendrais notaire.

— Et te voilà graisseur.

III. — EN WAGON

— Oh! la vie!...

— Monsieur, moi qui vous parle, j'ai connu
le temps des grandes chasses.

— Ah! dame...

— Cinq cents pièces tuées par personne dans
un jour.

— Permettez...

Quand je dis cinq cents, c'est cinq cents; ce
n'est pas quatre cent quatre-vingt-dix-neuf.

— Vous m'étonnez.

— Mais, dame! alors tout le monde ne se mê-
lait pas de chasser. Les chemins de fer ne vo-
missaient pas les badauds et les maladroits...
Au jour d'aujourd'hui, c'est honteux... Le spectacle... le spectacle d'une ouverture me...

— Pardon.

— Pardon, quoi!... On ne sait plus tirer... Moi
qui vous parle, j'ai connu le fameux Branchet...
Avez-vous entendu parler de Branchet?

— Non.

— Vous n'avez pas entendu parler de Branchet!... Un ancien garde du corps de Charles X... Un gaillard, quand il lui partait une compagnie de perdreaux, il n'en réchappait pas seulement un...

— Cependant...

Il n'y a pas de cependant... Je l'ai vu, de mes yeux, vu en tuer vingt-trois d'un coup.

— Oh!...

— Oui, monsieur, vingt-trois... Et pas vingt-deux et demi!... C'est comme les chiens.

— Qu'est-ce qu'ils ont donc les chiens?

— Ils ont qu'ils ne savent plus rapporter comme autrefois... La discipline s'en va chez les bêtes comme chez les gens...

— Hum!

— Plaît-il?

— Rien, je fais hum!...

— A la bonne heure... Moi qui vous parle, j'ai connu un chien qu'on appelait Badaud. Un bas-

set à jambes torses... Un jour, son maître était
à la chasse avec un ami. Il vise une pièce, il se
trompe... crac! Il envoie le plomb dans les jambes de son ami qui tombe.

— C'était agréable pour l'ami.

— Il ne s'agit pas d'agréable ou de pas agréable. Savez-vous ce qu'a fait mon Badaud?

— Quel badaud?

— Je vous parle du basset à jambes torses.

— Ah! oui.

— Eh bien! il a empoigné l'ami par son pan-
talon et il l'a traîné bon gré mal gré jusqu'à son
maître... Ni plus ni moins qu'une pièce de gibier.

— Ça a dû être désagréable pour...

— Encore une fois on ne vous parle pas d'a-
gréable ou de pas agréable. On vous cite des
faits... Meaux!... Je descends... Mais la chasse,
voyez-vous... Si vous aviez vu comme moi en
1826... Hé! là-bas! vous, quand je vous dis que
je descends... Vous ne pouvez seulement pas

ouvrir la portière.... Dans les diligences au
moins...

V. — EN PLAINE

— Sauve qui peut!

— Au secours!

— Inutile de crier, mes enfants... C'est la
guerre de tous les ans qui commence contre
nous... Croyez-en mon expérience de vieille
perdrix.

— Mais ce sont des bourreaux...

— Mes enfants, l'homme est le roi de la création et il faut que le roi s'amuse... Pif! paf!
Encore une décharge. Deux morts... C'est votre
pauvre père... Il bat de l'aile... Il ouvre les yeux
une dernière fois... C'est fini... Mes enfants, mes
pauvres enfants, dispersons-nous... Nous nous
retrouverons là-bas, dans le bois, si nous sommes encore de ce monde... Je... couchée... à mon

tour... adieu... L'homme... Il faut... que... le
roi s'amuse...

V. — SOUS BOIS

Une fière alerte! j'ai couru pendant plus de
deux kilomètres sans m'arrêter, mais, Dieu
merci, me voilà au gîte... Quel métier, que le
métier de lièvre quand arrive septembre... Ils
n'ont donc pas assez de se tuer entre eux, les
bipèdes?... Mais je n'entends personne ici... la
ménagère n'est pas rentrée... elle ne rentrera
probablement pas... Quelque coup de fusil...
Veuf! je suis veuf!

(*On ne peut distinguer au juste à l'intonation
du lièvre si c'est un cri de douleur ou un cri
de délivrance.*)

V. — CORRESPONDANCE

— Tiens, c'est une lettre de ton ami Paulet.

— Oui.

— Avec une autre lettre pour sa femme...
Qu'est-ce que cela veut dire?

— Ma bonne, je l'ignore absolument.

— Donne, que je voie.

— C'est inutile, je vais...

— Mais donne donc! (*Madame arrache la
lettre et lit :*) « Mon cher Bonnard, je t'envoie
la présente pour te prier de mettre à la poste,
à Pontoise, cette lettre adressée à ma femme.
En deux mots, voici la chose. J'ai prétexté une
partie de chasse avec toi pour aller en train de
plaisir au Havre avec quelques amis. Une
partie de garçons... Merci d'avance, et à toi... »
Voyez-vous cela!

— Oui, je vois... je vois et... (*A part.*) Le
diable l'étouffe... moi qui allais justement
écrire à un autre de mes amis de me rendre
un service identique...

— Vous dites, monsieur?...

— Rien, ma bonne.

7

— Ah! c'est ainsi que vous agissez, messieurs?... Eh bien! je te défends d'aller ouvrir la chasse.

— Là!... consigné! J'en étais sûr... Ayez donc des amis!

VII. — AU RESTAURANT

— Chef?

— Patron!

— Avez-vous mis à mariner le veau qui nous servira à faire du lapin de garenne?

— Oui.

— Le bœuf pour les civets de chevreuil?

— Oui.

— Le mouton pour les pâtés de lièvre?

— Oui.

— Alors, je vais inaugurer le gibier sur la carte de nos trois plats au choix.

VIII. — AUTRES COMESTIBLES

— Paul?

— Patron !

— Tu vas aller porter cette bourriche chez madame... Eh bien ! où est l'adresse que nous a laissée ce monsieur... Bon... la voilà perdue... Comment faire?...

— C'est-il ça?

— Oui!... Donne donc vite... Madame la comtesse de Norvel.

— J'y cours.

Minute... Tu vas d'abord endosser ce costume...

— Un costume de facteur de chemin de fer?

— Une idée que j'ai eue pour corser la vraisemblance...

De la sorte ceux qui reçoivent ne se méfient pas de la ruse... Je fais payer cent sous en plus par exemple...

— Patron, c'est du génie !

— Tu trouves ?...

IX. — ENTRE CHIENS

— Encore une de passée !

— Pas dommage !

— Je ne tiens plus sur mes pattes !

— J'ai une faim !

— Et dire qu'on se donne un mal d'enfer pour
des crétins de maîtres qui ne savent seulement
pas tenir un fusil.

— Il fallait voir mon petit-crevé, quand je le
faisais courir à travers les fossés et les terres
labourées... il barbotait, il glissait, il se ra-
massait, il jurait... Saute, petit-crevé... Aïe !
la moelle épinière... Tu l'as voulu, mon garçon... Quand on est aussi détérioré que toi et
tes parents du boulevard, on ne se mêle pas des
exercices réservés aux gens qui ont l'épine dorsale en bon état...

— Et mon gros bourgeois à moi... si tu l'avais vu grimper le coteau où j'avais relancé le lièvre... Entre nous, je l'avais fait exprès... Puis, quand il est arrivé tout essoufflé, plus rien !

J'avais dit au lièvre : — Bouge pas et cache-toi !...

— Au fait, cette pauvre bête...

— Elle valait mieux que celle qui la traquait.

— Comme de juste... C'est égal, je n'en puis plus.

— Ni moi... quelle vie !...

— De l'eau de vaisselle et des coups de fouet à discrétion.

— Et on s'étonne que de temps en temps nous devenions enragés !

— C'est-à-dire que s'il n'y avait pas tant de gens que ça dégoûterait de les mordre, on ne ferait que ça d'u matin au soir...

— Bonsoir !

— Bonne nuit!

— Je vais tâcher de rêver que je suis maître au lieu d'être chien.

— T'aimes donc avoir le cauchemar?

LA POSTE RESTANTE

LA POSTE RESTANTE

JMPRESSION DE MÉNAGE

I

C'est aujourd'hui.

Il me l'a encore répété en partant : « Mercredi, je t'écrirai... »

Il a dit : je *t'écrirai*. Jamais encore il n'avait osé me tutoyer, mais son départ l'avait si fort ému que je ne puis lui en vouloir!...

Son départ!... Il a bien fait de partir, car chaque jour je me sentais plus faible contre mon

7.

amour... Et pourtant son absence m'est intolé-
rable. Que fait-il ? m'oublie-t-il ? pense-t-il à
moi ?...

Je vais le savoir, puisque c'est aujourd'hui
que je dois aller à la poste restante !

Habillons-nous bien vite ; mon mari ne rentrera pas pour déjeuner avant midi : d'ici-là je
serai revenue.

D'ailleurs je l'ai prévenu que j'avais à faire
ce matin une visite... de charité ! Non , pas ce
chapeau... il est trop voyant...

Si j'envoyais chercher une voiture ?... Ma
bonne n'aurait qu'à retenir le numéro ; il n'en
faudrait pas davantage pour mettre sur la trace
de...

Il y a loin cependant de la Madeleine à la
rue Jean-Jacques-Rousseau... Moi qui ne vais
jamais dans ce quartier-là !

Je n'aurais pas dû l'autoriser à m'écrire...

II

Moi dans la rue à neuf heures du matin !
Qu'en penseraient mes bonnes amies du monde ,
si elles me rencontraient?

Paris a un aspect tout singulier à cette heure
matinale. Le vent a aussi une fraîcheur parti-
culière... Je ne sais ce que j'éprouve, mais je
me sens toute mal à mon aise.

Ah! monsieur mon mari, monsieur mon mari !
vous pouvez bien faire votre *meâ culpâ!* je n'é-
tais cependant pas exigeante.

Rien que trois soirées par semaine. Au lieu
de cela, seule, toujours seule!

Et pendant ce temps-là, vous vous rûiniez
pour une danseuse maigre. Si encore vous ne
lui aviez accordé que le vendredi et le samedi,
c'étaient ses jours! Mais vous voulez que cette
carrière sentimentale dure toute l'année...

Monsieur mon mari, monsieur mon mari,
quand je suis arrivée ici, sortant de mon petit

couvent de province , je ne connaissais pas Paris.

C'est vous qui m'avez indiqué le chemin de la poste restante !

III

Il doit y en avoir beaucoup de maris qui rendent — sans s'en douter — de ces services-là à leurs femmes !

IV

C'est plus fort que moi !

Il me semble que tous les passants voient sur ma figure le motif qui m'a fait sortir si tôt.

Les hommes ont, le matin, une façon de vous regarder sous le nez qui me trouble et me déconcerte.

Un moment je m'étais égarée, et j'ai demandé ma route à une marchande qui se tenait sur le seuil de sa porte.

— La rue Jean-Jacques-Rousseau ?... Madame va à la poste ? m'a-t-elle répondu en me jetant un coup d'œil qui m'a paru moqueur.

Ce *madame va à la poste* renfermait tout un monde d'hypothèses.

— Pourquoi madame va-t-elle à la poste ? Parce que madame attend une lettre d'un beau jeune homme qui doit, à l'insu de tous, lui adresser sous ce protecteur anonyme une foule de déclarations clandestines.

Je me suis sauvée. Cette femme avait l'air de me déchiffrer dans la pensée.

V

Je viens de rencontrer ma couturière. Le hasard n'en fait jamais d'autres.

Mais j'ai eu un moment de génie.

Avant même qu'elle ait ouvert la bouche :

— J'allais chez vous ! me suis-je écriée.

— Madame a une commande à me faire ? Pourquoi ne m'a-t-elle pas écrit ?

— Parce que c'est pressé, très-pressé ! Oui...
une robe de bal pour après-demain.

— En moire antique ?

— Oui.

— Garnie de trois rangs de dentelle? C'est
très-bien porté.

— Oui.

— De la vraie dentelle, bien entendu ?

— Bien entendu !

— Avec une guimpe pareille?

— Avec une guimpe.

— Madame peut s'en fier à moi... Je me char
gerai des fournitures, n'est-ce pas ?

— Sans doute. Ce que vous voudrez. Je m'en
rapporte à vous.

Elle a bien fait de ne pas me proposer une
jupe en point d'Angleterre, j'aurais tout accepté.

Et mon trait de génie va coûter mille francs
à monsieur mon mari. Tant pis pour lui !

Cela vaut encore mieux que si ma couturière
savait que...

VI

C'est décidément la matinée aux rencontres.

Après ma couturière, la petite baronne de X..., une vipère !

Pourtant la vipère m'a paru ce matin avoir son venin. Elle était elle-même tellement troublée.

Est-ce que le baron de X... entretiendrait aussi des danseuses maigres ?

Toujours est-il que notre conversation a été une vraie série de propos interrompus.

— Quoi ! c'est vous ?

— C'est moi !...

— Un temps charmant !

— J'allais au bain.

— Et moi visiter une vieille...

— Il pourrait bien pleuvoir, pourtant.

— Les bains me sont très-recommandés.

— Ah !...

— Oui...

— Êtes-vous allée à la soirée du général ?

— Moi, je les prends très-froids...

— Bien sûr il va pleuvoir. Je vous quitte, car je serais mouillée.

— Moi aussi.

— Est-ce que la petite baronne.., Elle doit en penser autant de moi. Qu'importe ! elle n'osera plus le dire.

VII

— Mon mari ! mon mari !

Je n'ai eu que le temps de me jeter sous une porte cochère. Il tournait l'angle de la rue Croix-des-Petits-Champs.

Je l'ai reconnu du premier coup d'œil ; son nez, ses yeux, sa barbe, son costume...

Mon Dieu, s'il allait m'apercevoir ! Il était à peu près à une vingtaine de pas, il venait de mon côté, il va passer devant la porte...

Que faire ?... que demander ?... Je ne puis

monter dans cette maison sans dire un nom... Il
doit n'être plus qu'à dix pas...

La portière a justement un air revêche...
Quelle inspiration !... des appartements à louer,
il doit y en avoir...

Il n'y en a pas !... Et lui doit n'être plus qu'à
deux pas et demi...

C'est trop tard ! Il passe, il se retourne, il
m'a vue !...

VIII

Ce n'était pas lui !

Où avais-je la tête ? Celui-là a des moustaches, et mon mari a des favoris ; il a le nez
aquilin, et mon mari a le nez droit ; il a une
redingote marron, et mon mari a un paletot
gris-perle.

Ce n'était pas lui ! Il ne lui ressemble même
pas du tout. En vérité, j'ai pensé me trouver
mal.

Le remords n'est pas physionomiste.

IX

POSTE RESTANTE. — *Tournez le bo ton, s. v. p.*

M'y voilà, et ma main tremble de s'avancer !
Il en est encore temps, si je n'entrais pas ?

Un monsieur ouvre la porte : je serais ridicule, entrons.

— Que désirez-vous ?

— Monsieur, je...

— Parlez plus haut, j'ai l'oreille un peu dure.

— Je viens...

— Parlez donc plus haut, je vous dis que j'ai
l'oreille un peu...

Et pendant que l'employé me parlait avec
brusquerie, cinq ou six autres personnes me
regardaient avec curiosité.

Veut-il donc que je lui crie tout haut ?...

Je préfère m'adresser à l'autre employé, un
jeune homme !... Il est vrai que lui aussi a une
façon de m'inspecter...

— Monsieur...

Il sourit, et je n'ose plus continuer.

— Monsieur, je viens pour une lettre...

— Quelle adresse ?...

— Mais poste restante...

— J'entends bien. Je demande quel nom ?

— Mon nom ; mais mon nom n'y est pas, monsieur. Il ne faut pas que je dise mon nom, n'est-ce pas ?

Le jeune employé a encore souri.

— Rassurez-vous, madame, les initiales convenues suffisent.

— Ah! oui, les initiales... c'était... attendez... mais j'ai oublié... c'était... excusez-moi, monsieur... c'était... mon Dieu !... Ah !... oui !... N. M. P. C. J. V. A.

N. M. P. C. J. V. A?...

Le jeune employé a souri de plus belle.

Pourquoi sourire ? Cela signifie : Ne m'oubliez pas, car je vous aime...

Voilà, madame, N. M. P. C. J. V. A...

Quand j'ai pris la lettre, il m'a semblé qu'un fer rouge me touchait la main.

Le jeune employé souriait toujours.

X.

Non! c'est trop d'angoisses, trop de hontes! La leçon me profitera. Je ne veux plus retourner à la poste restante. Désormais, je le jure, je ne recevrai plus les lettres... que par l'intermédiaire d'une de mes amies!...

LES

BREVETS D'INVENTIONS LITTÉRAIRES

LES BREVETS D'INVENTIONS LITTÉRAIRES

———

— Eh bien, mon cher, tu as beau t'échauffer, je te répète que ton idée est impraticable.

— Et moi, je te réitère qu'elle est éminemment pratique et, qui plus est, philanthropique.

— Allons donc! tu divagues.

— J'allais te retourner le compliment.

Ce dialogue vif et animé s'échangeait, il y a deux jours, entre un de mes amis et votre très-humble serviteur.

— Voyons, reprit mon ami, après une pause, tu oses soutenir...

— Qu'il me semblerait de toute justice d'appliquer à la littérature un système dont l'industrie se trouve si bien.

— D'autres disent : si mal.

— Ceux-là on les laisse dire. Leurs perfides insinuations ne m'empêcheront pas de prétendre qu'une pensée originale, une situation neuve, voire même un mot inédit, constituent une propriété aussi sacrée qu'un nouveau système de calorifères ou de cerceaux en acier ; que par conséquent la création de brevets d'inventions littéraires répondrait à la fois à un besoin et à une...

— N'achève pas, ou je vais me figurer que je lis le rapport d'une société de statistique.

— Raille à ton aise, des railleries ne sont pas des raisons.

— Eh bien ! soit, je veux être grave.

— Sérieux suffira.

— Donc monsieur voudrait...

— Qu'un brevet assurât à tel ou tel écrivain

la propriété, pour un certain nombre d'années, de l'idée dont il serait inventeur.

— Afin d'empêcher, probablement, des plagiaires de s'approprier le bien d'autrui.

— Précisément. Un jury composé de membres éclairés...

— Comme de raison, on n'irait pas prendre pour cela des négociants en ferblanterie.

— Puisque tu m'interromps avec partialité, je me replie sur ma conception.

— Je jure d'être muet comme une tombe. Achève.

— Je te dirais qu'un jury composé de membres éclairés aurait pour mission de vérifier les inventions soumises à son jugement, et de ne décerner qu'à bon escient les brevets demandés.

— Naïf réformateur, mais là est justement la faiblesse de ton raisonnement. Ton jury serait une sinécure, et pas un brevet ne sortirait de ses mains.

— Paradoxe ridicule !

— Tu ne veux pas encore te rendre ? Parfait !
Pour vaincre ton obstination, je te propose une
chose.

— Laquelle ?

— Improvisons à nous deux une séance pour
rire de ton comité d'examen. Quoique, peut-
être, trop peu éclairé, je sollicite la faveur d'être
pour une fois juge des brevets, toi, tu dé endras
d'office ceux qu'il te plaira de poser en candidats.

— Ma foi, j'accepte !

— A merveille. Je frappe les trois coups et
je prononce le discours d'ouverture.

— Y tiens-tu absolument ?

— Si tu n'y tiens guère ?...

— Moins que cela, pas du tout.

— Alors, je te cède la parole. Le jury est tout
oreilles. Qu'on introduise les candidats au brevet
d'invention pour la section des théâtres.

— Je... nous... les...

Vous l'avouerai-je, cher lecteur, ainsi mis au pied du mur, je commençais à douter de mon système, et je ne savais trop par quelle tangente sortir d'embarras quand mon ami, sans me laisser le temps de me reconnaître :

— Tu te tais déjà ? Pour te montrer que je suis généreux, je viens à ton aide. Pour qui réclamerais-tu bien un brevet d'invention théâtrale ? Pour la comédie de M. X... ? Une conjugaison du verbe *aimer* avec fautes de français ? Allons donc ! Il y a trois cents ans que la comédie nous montre les mêmes valets coquins, les mêmes maris bernés, les mêmes neveux effrontés. Il y a deux mille ans que les querelles de ménage, les raccommodements, les ridicules, les amourettes tournent dans le cercle sempiternel de la routine. Un brevet d'invention à la comédie, après Molière ! Tu n'oserais.

— Je reconnais que...

— Sera-ce le drame qui se mettra sur les rangs ? Mais, malheureux, les emprisonne-

ments, les incestes, les enfants volés, les éva-
sions, les enlèvements, les grincements, les gé-
missements, qui ont valu à M. Y... soixante
mille livres de rente, sont de l'âge de Mathusa-
lem. On a trouvé le *Merci, mon Dieu!* et la
Croix de ma mère dans les dialectes les plus
antédiluviens.

— Sur ce point, je suis de ton avis.

— Passons au vaudeville.

— Inutile, je sais qu'on n'en a jamais refait
qu'un seul depuis la création du monde.

— Préfères-tu aborder la section du roman ?

— Je le préfère, murmurai-je à tout hasard.

— Ah ! tu le préfères. Eh bien ! nous allons
voir. Trouve-moi dans les millions de lignes
romanesques publiées depuis le 1er janvier courant une pauvre petite phrase, un malheureux
bout de chapitre qui ne soit pas la photographie de quelque vieillerie.

— Pourtant.

— Pourtant quoi ? Roman de mœurs, voyez

Balzac ; roman d'aventures, relire Sue et Sou-
lié ; roman historique, épuisé par Dumas, roman...

— Grâce pour la nomenclature.

— Tu ne le mérites guère, mais je serai ma-
gnanime. M'objecteras-tu l'histoire ? Quand on
aura égalé Tacite, nous en pourrons reparler.

— Il est vrai que...

— Reste le journalisme.

— Oui, le journalisme.

— Courage, je t'écoute... Encore arrêté! Il
faudra, je le vois, que je remplisse ton rôle
jusqu'à la fin. Pour quel journalisme prétends-
tu réclamer un brevet d'invention? Celui qui
traite des questions politiques ?...

— Chut! Nous sortons du sujet.

— Un seul mot : *L'horizon qui se rembrunit,
les nuages menaçants, les préoccupations qui
tiennent les esprits en suspens, les questions qui
appellent une étude approfondie,* tout cela mon
pauvre ami, est contemporain des manches à

8.

gigots et de la veste à laquelle M. Spencer prêta
son nom.

— Mais le fait divers ! 'soupirai-je pour me
donner une contenance. Il n'y a pas huit jours
que j'ai lu dans les journaux un récit pour
lequel j'ose solliciter un brevet.

— Et lequel ?

— L'acte d'admirable dévouement d'un phi-
lanthrope qui, ayant trouvé une stalle d'opéra
pour la représentation de *Rienzi* a consenti à
la garder sans réclamer la récompense honnête
que méritait un si beau trait.

— Mon cher ami, ton histoire n'est pas plus
neuve que le *Rienzir* lui-même. On l'a im-
primée à propos des tragédies d'*Arbogaste* et
compagnie. Le canard a dès longtemps atteint
ses colonnes d'Hercule. Il n'ira pas plus loin.
Quant à la réclame, Robert Macaire est si antique, que sa légende a maintenant pris place à
côté de celle du Juif errant.

— En tous cas, le journalisme léger... objectai-je en désespoir de la cause.

— La nouvelle à la main, sans doute? On donne cent mille francs à qui prouvera que la plus jeune ne remonte pas aux invasions des Barbares.

— Tu as oublié la poésie.

— Parce que la poésie s'oublie elle-même.

— Enfin, je..,

Enfin, crois-moi, retire ton amendement. Inventer est aujourd'hui chose impossible en littérature. Heureux ceux qui perfectionnent en copiant; heureux même ceux qui se contentent d'un adroit ravaudage! Moi, le jury extraordinaire, je le répète, en me résumant, le brevet d'invention littéraire est impossible; le combat, avant de commencer. finit faute de combattants.

— Plaisanterie à part, je lève la séance; le procès est jugé. Si tu as compté sur cette idée-là pour t'assurer l'immortalité, tu peux être

sûr de ne jamais passer la barrière dans ton
voyage pour la postérité.

— Du moins, avais-je espéré pouvoir en tirer
le sujet d'un article fantaisiste d'une nouveauté
originale.

— Tellement originale que, si tu le désires,
je parie te démontrer que sous Vespasien un
auteur latin a là-dessus...

— Tu es mon ami, n'ajoute pas un mot. Tu
m'ôterais la force d'écrire mon article.

— Quel malheur !

— Pour moi, certainement. Respecte ma dernière illusion, et jusqu'à samedi laisse-moi
croire que j'ai mis la plume sur un sujet charmant.

Nota. — En me relisant, je vois bien que
mon cruel ami avait raison. — Mais il est trop
tard !

LA PRESCIENCE DU TEMPS

LA PRESCIENCE DU TEMPS

———

Moi aussi j'ai lu *Mathieu de la Drôme* et,
piqué de la tarentule de l'envie, j'ai exclamé :
Anch'io son pittore... « Pourquoi, moi aussi, ne
m'établirais-je point prophète? »

Pour la réalisation de ce souhait, il me fallait
une tribune et des auditeurs. J'ai pensé à vous.

C'est de vos mains que j'ai résolu de recevoir
le baptême de la pronostication. C'est en votre
honneur que je viens ici *Mathieudeladrômiser*.

Suivant les traces de mon noble maître et
modèle, j'ai divisé mes prédictions par saisons,
et — à son instar — je les intitule :

PRESCIENCE DU TEMPS POUR L'AN DE GRACE

— 1870 —

—

I. — PRINTEMPS

— Le printemps de l'année 1870 se distinguera par cette particularité qu'il sera infiniment moins froid que l'hiver.

— Vers la fin de mars, il se produira un phénomène que nous recommandons fortement à l'attention des amateurs. On verra les branches des arbres se couvrir peu à peu de petites excroissances d'un marron foncé, d'où sortiront ensuite de petits corps d'un vert tendre qui iront toujours en grandissant. Nous offrons dix mille francs à celui qui prouvera que le mois de mars n'aura pas fait pousser les petits corps dont nous parlons.

— Ainsi qu'en fera foi un pli cacheté que nous envoyons à l'Académie des sciences, nous

sommes dès à présent en mesure d'annoncer
que dans le courant d'avril les jours croîtront
de 37 minutes 4 secondes.

— Dans le même mois, tous les magasins de
nouveautés de Paris publieront dans les journaux la même réclame, déclarant qu'ils mettent
en vente deux millions d'*alpaga* à un prix qui
doit infailliblement les réduire à une faillite.

— En mai, trois mille dames du quartier
Bréda soutireront à leurs adorés trois mille billets de banque, sous le fallacieux prétexte d'aller louer des maisons de campagne.

— Dans le même mois, deux enfants jouant
à la Petite-Provence attraperont des coups de
soleil sur le nez. Nous croyons pouvoir, avec une
précision merveilleuse, affirmer que cette partie
de leur corps en profitera pour changer de
peau.

— En juin, cent onze gandins commanderont
à leurs tailleurs des pantalons blancs. Nous pré-

disons, sous la foi du serment, que les trois quarts d'iceux ne seront jamais payés.

II. — ÉTÉ

— L'été de 1870 présentera cette étrange particularité, — à savoir, que ce sera la saison des plus grandes chaleurs.

— En juillet, plusieurs baigneurs commettront l'imprudence de faire des *pleine eau* sans savoir suffisamment nager. Nous garantissons que tous ceux qui se laisseront couler au fond de l'eau s'y noieront à coup sûr.

— Vers la fin du même mois, quinze jours s'étant écoulés sans qu'il tombe une goutte d'eau, les paysans constateront dans le sol des fissures de diverses longueurs, auxquelles un académicien donnera le nom de *crevasses*. Nos études prophétiques nous mettent en mesure de garantir que si, par hasard, il pleut à verse dans ces

quinze jours, le phénomène ne se produira
point.

— En août, une crue subite se produira dans
la Seine. L'Observatoire se croira en mesure
d'affirmer que cette crue est le résultat des larmes versées par les parents trop sensibles aux
distributions des prix des deux sexes. Nous pu-
blierons ultérieurement le résultat de nos recherches sur ce point d'*hydrographie lacryma-
toire*.

— Dans le même mois, les élèves et les pro-
fesseurs se sépareront momentanément. Nous
prédisons que si les uns n'en sont pas fâchés,
les autres en seront ravis.

— En septembre aura lieu l'ouverture de la
chasse. Vingt et un mille maris en profiteront
pour tirer des coups de fusil... dans leur contrat. Nos patientes recherches nous ont permis
de prophétiser que leurs femmes ne seront pas
en reste avec eux.

— Dans le même mois, nous annonçons un

passage vraiment extraordinaire de *canards*.
Ces canards, visibles dans tous les journaux,
raconteront des aventures de chasse dont nous
savons d'avance que pas un mot ne sera vrai.

— Les jours ayant diminué, la nuit en abu-
sera pour commencer beaucoup plus tôt.

III. — AUTOMNE

— En octobre, auront lieu les vendanges.
Le vin de 1870 offrira cette singularité que les
marchands mettront tous de l'eau dedans.

— En novembre, 160,000 Parisiens se diri-
geront vers les cimetières et y déposeront
160,000 couronnes, attestant que chacun d'eux
est dévoré par des *regrets éternels*. Nous prédisons que les trois quarts n'en penseront pas
un mot.

— Dans le même mois, la température s'étant
considérablement abaissée, il en résultera un
froid beaucoup plus intense.

— Pendant la dernière semaine, le ciel restant toujours couvert, on ne verra pas une seule fois le soleil. Au cas où les nuages se dissiperaient, nous ne répondons plus de rien.

— Apparitions des marrons sur les tables. Nous prédisons aux personnes dont l'estomac ne digère pas ce comestible qu'elles en seront incommodées.

IV. — HIVER

— En décembre, à force de regarder le thermomètre Chevalier, plusieurs bourgeois seront atteints de crétinisme. Nous garantissons que cet événement n'apportera aucun changement notable dans leur existence habituelle.

— Les engelures feront leur entrée en scène. Un pharmacien inventera une pommade. Nous répondons de son efficacité. au cas où elle en aurait une.

— Puis mille dames du quartier Bréda, — les

mêmes qu'en mai, — soutireront 3,000 billets de banque à leurs adorés, sous prétexte d'acheter des manteaux de velours.

— La Saint-Sylvestre — en 1870 — tombera la veille du jour de l'an.

.⁎.

Et maintenant, ô Mathieu de la Drôme, du haut du ciel ta demeure dernière, es-tu content !

LE MONOLOGUE DU LAPIN

LE MONOLOGUE DU LAPIN

Vous l'avez aperçu aux quatre coins de l'horizon parisien — dans toutes les fêtes de banlieue, lui, le lapin classique, lui, le gros lot, lui, le roi du tourniquet.

Il trônait à la place d'honneur, dans un baquet en zinc, tapissé d'un semblant de fourrage. En guise de grand cordon, il portait autour du cou une faveur rouge. Ses moustaches étaient par instants agitées d'un frémissement convulsif.

Impassible d'ailleurs, il avait l'air recueilli qui sied aux puissances. On eût dit que c'était toujours le même, — bien que des persennes aient assuré l'avoir vu noir un jour, blanc plus tard... Peut-être le chagrin !...

Se plaint-il intérieurement de sa grandeur qui l'attache à un cran du tournevis? A quoi songe-t-il? Comment occupe-t-il les longs loisirs de son immobilité?

Sans doute, il vous advient de vous adresser toutes ces questions, en le voyant tournoyer au milieu des crépitements de la porcelaine avariée, des grincements de la baleine indicatrice, des glapissements du marchand qui vocifère :

« *Un perdant! Un gagnant! Faites la partie, là, Messieurs !...* »

Moi aussi, je m'étais demandé ce que pouvait se dire le lapin, quand l'autre jour — à la fête de Boulogne — un de mes amis, de première force sur le spiritisme, est venu combler les désirs de ma curiosité.

Mon ami, qui voit partout des métempsycoses ignorées et des transmissions de pensées surnaturelles, m'a traduit le monologue du lapin !

Car le lapin se livre au monologue : — c'est sa seule ressource, — et voici ce qu'il a l'habitude de se dire pour se distraire :

*
* *

— Encore une journée !... Encore le tournoiement maudit !

Est-ce étrange ! On assure que l'habitude est une seconde nature, et je ne peux pas m'habituer à ce cercle perpétuel !

Chaque jour j'en ai pour plus d'une heure avant de me remettre le cœur en place.

Et cependant je vois là-bas, chez le voisin aux chevaux de bois, des gens qui payent pour se procurer le même genre de nausées.

Il est vrai que ces gens-là sont des hommes et des femmes, une race si bête, si bête !...

Quand je pense que, depuis deux ans et demi

que j'exerce, j'ai assisté au moins à soixante
fêtes sans y découvrir une variante, et que
toujours les mêmes imbéciles ont l'air de s'y
réjouir des mêmes abominations!

Les boniments du saltimbanque les dupent,
les verres de couleur leur pleurent sur leur
grande tenue, les tranches de galette les
prennent à la gorge, la foule les suffoque,
l'orgue les supplicie, le macaron *à la fleur
d'eurange* les empoisonne.

Tant mieux! Ils y reviennent!... ils s'y
pressent!... ils s'y épanouissent!...

Et ils se donnent le prix de raison!... On voit
bien que les animaux n'ont pas la parole!...

* *

Pas si fort donc!

Brutal!

J'en étais sûr; un ivrogne!

Encore une des inventions de bipèdes en
paletot pour se rendre heureux.

Oui, tu es joli, va! et spirituel! Casse la marchandise, tu la payeras; quitte à pleurer demain
l'argent du mois que tu auras bu.

Je pense que quand tu bois tu ne vois pas de
nécessité à ce que tes petits mangent, toi! les
sociétés d'acclimatation auront beau faire, elles
ne pourront jamais importer cette opinion-là
chez nous.

Car nous sommes des animaux, pas vrai,
l'homme?

Et ta femme? Tu dois en avoir une aussi :
elle travaille à la maison, — c'est de rigueur.
Le médecin t'a pourtant déclaré que de mettre
toute la journée les mains dans l'eau glacée, ça
la tuait; qu'il lui faudrait un peu de soin et de
repos, sinon que la poitrine l'emporterait à
l'automne...

Bon! tu as gagné un verre — et tu vas aller
boire... à sa santé!

Aimable farceur!

* *

Avec tout ça, il ne m'est pas entré une bou-
chée d'herbe dans le corps depuis ce matin!

Gueux de patron!

Je calculais l'autre jour que je lui ai déjà
rapporté pour plus de mille francs de bénéfices
secs.

Il n'y a que moi qui amorce.

Il faut l'entendre crier :

*Oh le beau lapin!... Le magnifique lapin!... Le
lapin sans pareil pour deux sous!...*

Idiot! sois voleur, mais intelligent au moins.

Tu ne comprends seulement pas que tu joues
à qui gagne perd en m'économisant une pauvre botte de luzerne!

Quand je serai devenu étique et que tu van-
teras mon embonpoint, la clientèle te rira au
nez.

C'est ça, caresse-moi parce qu'il passe des demoiselles et que tu veux les amener à jouer par
attendrissement.

Hypocrite et pingre! Tu finiras par me faire regretter de ne pas être né carnassier — comme toi! Que diable! les armes ne sont pas égales!

* *
*

En jouant du mirliton!... En jouant du...

Pas besoin de demander si c'est une bande de calicots en goguette. Il y a du sexe avec eux.

Ah mon petit chéri!... Mon Gustave!... Mon Alfred!... Mon gros Loulou!... Gagnez-nous quelque chose!...

« Oh! ce lapin a-t-il l'air crétin dans son baquet!... »

Pas tant que vous le pensez, mes petites.

Si c'était moi qui m'appelle Gustave ou Alfred, il n'y aurait pas de *gros chéri* qui tienne, — et vous seriez encore demoiselles de mangeoire dans un établissement de bouillon!

Ah! mais!...

.·.

Si j'essayais une évasion?

Une!... deux!... Impossible, je n'ai pas seulement la force de me traîner... comment pourrais-je casser ma corde?

Surtout il y en a qui sont si dures à casser, des cordes! Qu'en pensez-vous, ma belle dame?

Comme nous bâillons! comme nous avons l'air de nous ennuyer! comme nous répondons d'une façon impatientée aux paroles du monsieur qui nous donne le bras!

Il est très-bien, ce monsieur, très-distingué; — mais il doit se nommer le mari. De là les bâillements...

Hein?... un sourire a tout à coup illuminé votre visage!

Bon, j'y suis. C'est à cause de ce petit jeune homme que vous venez de rencontrer par hasard...

Excellent hasard!

Savez-vous, madame, qu'il est très-laid, très-commun, très-gauche ce petit jeune homme? Mais il s'appelle l'amant!

Le mot poétise tout.

.·.

Les crampes redoublent.

Je vois trouble... mes oreilles bourdonnent...

On prétend nonobstant qu'il y a des messieurs en habit noir qui donnent des médailles d'argent à d'autres messieurs en habit noir, sous prétexte de Société protectrice des animaux.

Où sont-ils, eux et leurs habits noirs?

Ce serait l'instant de se montrer. Probablement ils sont occupés à s'entre-féliciter de leur utilité, pendant qu'un malheureux lapin est torturé, martyrisé...

Là-haut, à l'arbre d'à côté, j'aperçois un peu de vert.

Ils ne sont pas riche en végétation les arbres

des environs de Paris, mais si celui-là pouvait me laisser grignotter une ou deux de ses feuilles!...

Pendant ce temps-là, le bal Willis a commencé ses flonflons. Le bois de Boulogne est à deux pas, avec des pelouses où j'aurais de quoi dîner pour trois mille ans.

Gueux de patron !...

.•.

Il vient de passer un petit garcon.

Il m'a jeté un morceau de pain... pas gros, mais cela m'a ranimé un peu.

Il est gentil, ce gamin.

Le malheur, c'est qu'il grandira.

.•.

Toujours l'orchestre du bal Willis.

Les crampes d'estomac sont revenues, et ils me paraissent odieux, tous ceux qui se trémoussent là-dedans.

Grand Dieu!... ce tumulte!...

— Je vous dis que c'est gagné!

— Je vous dis que non.

— Vous avez donné un coup de pouce!...

— Par exemple!...

C'est un joueur qui prétend m'emporter...
Allons donc, ce serait trop invraisemblable...

Et puis, s'il m'emportait ce serait pour me
manger!...

Tant pis... j'ai assez souffert. Mieux vaut la
gibelotte que l'esclavage!... Prenez ma vie...

J'en étais certain, il ne m'emporte pas! Mon
scélérat de patron s'est arrangé pour avoir gain
de cause. Voilà dix-neuf fois que j'assiste à la
même scène.

Le monsieur s'en va... Tiens, c'était l'épicier
d'en face... Alors, c'est un prêté pour un
rendu.

Entre confrères ça se fait!...

Mais l'heure s'avance... Nous fermons boutique... On m'apporte un peu de carotte...juste

de quoi avoir la force de recommencer demain... Malheur!... malheur...

*
* *

Et maintenant, quand vous verrez tournoyer le lapin, pensez à son monologue, et vous ne refuserez pas vos pleurs à cette infortune dédaignée du vulgaire.

LA SORTIE DES THÉATRES

ÉTUDE D'APRÈS NATURE

LA SORTIE DES THÉATRES

ÉTUDE D'APRES NATURE

———

PREFACE

Dieu me préserve de manquer de respect à
leurs altesses les *Lundicrates*. Mais, si leurs
dissertations imprimées ont des charmes que je
n'ai nulle envie de contester, j'ai bien le droit
de constater aussi qu'il est une autre sorte de
critique dont le sans-façon n'est pas non plus
dépourvu d'attraits.

C'est la *critique parlée*, telle qu'elle est faite

chaque soir à la sortie des théâtres par la famille Tout-le-Monde qui, comme on le sait, a
plus d'esprit que feu Voltaire en personne.

A bon vin pas d'enseigne. Il est inutile de
vous faire stationner plus longtemps à la porte
de ce préambule.

Prêtons tout simplement l'oreille aux échos
qui nous arrivent des quatre coins de l'horizon,
et nous en apprendrons peut-être ainsi en quelques mots, sur les grands et petits succès du
jour, plus long qu'en mettant bout à bout vingt-
cinq kilomètres de feuilleton.

I. — COMÉDIE FRANÇAISE

Deux messieurs entrent au débit de tabac de
la Civette pour allumer leur cigare.

PREMIER MONSIEUR. — C'est très-joli.

SECOND MONSIEUR. — Surtout à côté de *Hen-
riette Maréchal*.

PREMIER MONSIEUR. — La tirade du conventionnel est crânement tournée.

SECOND MONSIEUR. — Et le personnage du petit royaliste donc !

PREMIER MONSIEUR. — Le fait est qu'il serait assez difficile de savoir au juste l'opinion de Ponsard.

SECOND MONSIEUR. — C'est tout de même plein de feu.

PREMIER MONSIEUR. — Oui, d'un feu semblable à ce bec de gaz auquel s'allument indifféremment le londrès aristocratique et la pipe populaire.

(*Ils sortent.*)

II. — OPÉRA-COMIQUE

Dans un groupe qui tourne le coin du boulevard.

UNE VOIX. — Charmant, ce *Voyage en Chine*, mais c'est dommage que l'Opéra-Comique ne nous ait pas donné ces paroles-là sur d'autre musique.

UNE SECONDE VOIX. — Ne vous plaignez pas. Il aurait pu vous donner cette musique-là sur d'autres paroles.

III. — THÉATRE-ITALIEN

Madame et monsieur regagnent leur hôtel au trot de leurs chevaux fringants.

MONSIEUR, *bâillant*. — Cette petite Patti est vraiment a... a... a... dorable.

MADAME. — La toilette de la comtesse était d'un goût pitoyable ce soir.

MONSIEUR. — Seulement, c'est toujours un peu la même chose.

MADAME. — Pas tout à fait.

MONSIEUR. — Qu'y a-t-il donc de changé?

MADAME. — Le prix des places.

M. PRUDHOMME. — Toto, qu'est-ce que vous avez remarqué dans la pièce?

L'ÉPOUSE PRUDHOMME. — Laissez-le donc, cet enfant; vous allez encore lui fatiguer la mémoire.

IV. — THÉATRE DU CHATELET

M. PRUDHOMME. —Toto, vous m'avez entendu : qu'est-ce que vous avez remarqué dans la pièce?

TOTO. — Le *bœuf gras*, na!

M. PRUDHOMME. — Je m'en doutais; et dans le cortége du bœuf gras?

TOTO. — Le grand bonhomme qui mangeait les têtes de veau avec le plat.

M. PRUDHOMME. — Son nom historique est Gargantua, Toto; que cet exemple vous serve de leçon. C'est l'emblème de la prodigalité, qui doit vous apprendre à ne jamais dévorer votre patrimoine.

TOTO. — Non, p'pa; quand je serai grand, moi, j'aimerai mieux dévorer celui des autres.

V. — VAUDEVILLE

Une dame, deux messieurs. L'un des deux messieurs est le mari de la dame; l'autre...

LE MARI. — Par exemple, c'est un peu fort; ce monsieur Sardou prend le public pour. . . .

. . . . Comme s'il était possible qu'un homme soit aussi bête que ce Benoîton dont la femme est toujours sortie sans que son mari sache où elle va. Ainsi, par exemple, voilà madame Canivet; eh bien, une supposition. Est-ce que vous vous figurez que si je ne savais pas qu'elle va demain avec vous au Jardin d'acclimatation, monsieur Adolphe, je la laisserais s'en aller seule dans les rues ?

VI. — VARIÉTÉS

UN GANDIN BLOND. — *Qu'il s'incline, qu'il s'incline, qu'il s'in...*

UN GANDIN BRUN. — *Bu qui s'avance* était plus fort.

UN GANDIN ROUGE. — Moi, je ne trouve pas, messieurs ; quand j'entends une pièce d'Offenbach, il me semble que c'est toujours la même.

VII. — GYMNASE

UN CONFRÈRE DE L'AUTEUR, *causant avec la vicomtesse de* ***. — Mon Dieu, on fait beaucoup de bruit avec ce drame. La recette est pourtant connue. Le public aime ça. Toutes les pièces qu'on a tirées du Code ont eu du succès.

LA VICOMTESSE, *souriant.* — Alors, à votre place, mon cher monsieur X, je me mettrais bravement à faire mon droit.

VIII. — PALAIS-ROYAL

UN BONHOMME JADIS. — Ah ! monsieur, si vous

10.

aviez vu Sainville, Lemenil, Toussez! Les artistes d'aujourd'hui ne sont pas capables de les faire oublier, monsieur.

SON INTERLOCUTEUR. — En effet; mais les artistes d'aujourd'hui ont assez de talent pour ne pas craindre qu'on se les rappelle.

IX. — AMBIGU

Deux voyous prennent une glace à deux liards le verre.

POLYTE. — As-tu guigné Laferrière?

UGÈNE. — Je l'ai mangé du regard.

POLYTE. — Quel âge que t'y donnes?

UGÈNE. — J'ai pas d' cadeaux à lui faire.

POLYTE. — Dis donc tout de même.

UGÈNE. — Après toi, s'il en reste.

POLYTE. — Eh bien, je m'ai laissé conter qu'il a soixante-sept ans.

UGÈNE. — Soixante-sept ans ? Des serpents de Pharaon !...

POLYTE. — C'est comme j'ai l'honneur...

UGÈNE. — Va donc conter ça à Thérésa !

POLYTE. — Est-il ostiné ! puisqu'on te dit que quand il se garde dans la glace il se prend toujours pour son fils.

UGÈNE. — C'est donc ça qu'il a l'air de tant s'aimer.

LES REFUSÉS

HISTOIRE RÉTROSPECTIVE

LES REFUSÉS

HISTOIRE RÉTROSPECTIVE

———

Avez-vous rendu jadis visite au *Salon des Refusés* ? Oui, n'est-ce pas?... Allons, je commence à croire que décidément ce pauvre Ducroquet...

— Qui donc, Ducroquet?...

— Vous l'allez savoir.

Je me promenais, moi aussi, il y a quatre ans, dans ce *Salon des Refusés* qui défraya de gaieté les spleens de la capitale, quand soudain j'aperçus, campé devant une toile autour de laquelle

grondait une sorte d'émeute de curiosité, le Ducroquet dont j'ai eu l'honneur de prononcer le
nom.

L'ayant — comme il arrive de certaines gens
qu'on connaît sans les connaître — entrevu à
de longs intervalles dans la bagarre de la vie,
j'avais appris superficiellement que Ducroquet
était un de ces déclassés qui, après maintes ten-
tatives, s'en vont un matin frapper à la porte
de l'art, faute d'autre domicile social.

Interprétant donc logiquement sa présence en
pareil lieu :

— Hé! bonjour, noble victime. Je devine le
motif qui vous amène céans. Vous êtes un des
martyrs du jury, un de ces refusés auxquels une
décision imprévue a ouvert un lieu d'asile. Je
gage même que ce tableau qui excite des trans-
ports d'ébahissement est de votre cru... Tout
juste! Il est signé de votre nom! Ah! ah! mon
gaillard!...

L'artiste m'avait écouté avec un froncement

de sourcil, et prenant la parole d'un ton amer :

— Moi! refusé! Plût au ciel! Mais détrompez-vous. Ce tableau est de mon frère. Il a tous'les bonheurs, lui!...

— Singulier bonheur que celui-là!

— Vous croyez?... Vous êtes comme tout le monde! ne regardant les choses qu'à la surface et n'approfondissant rien. Et moi je soutiens et suis prêt à vous démontrer que toutes les joies, toutes les prospérités appartiennent aux refusés d'ici-bas.

— J'avoue ne pas saisir parfaitement.

— Il faut alors que je vous raconte ma propre histoire. Quoique ce récit réveille en moi les plus pénibles souvenirs, je le ferai pour vous convaincre. Donnez-moi le bras et marchons un peu.

J'acquiesçai à cette proposition, et Ducroquet reprit aussitôt, en partant du pied gauche :

— Je vous ai dit que j'avais un frère, un frère dont vous venez de voir les produits... C'est extravagant, c'est monstrueux de peinture, et cela a été refusé avec une unanimité touchante.

Mais par son extravagance même, ce paysage phénomène attire à lui la foule. C'est à qui contrôlera les décisions du jury, à qui inventera une qualité à cette œuvre grotesque. Ceux-là mêmes qui rient tiennent à retenir l'intitulé du peintre qui les a tant réjouis.... Dans un mois, mon frère aura une célébrité à la Courbet! Dans un an, il passera grand homme aux yeux d'une coterie quelconque.

Moi, pendant ce temps-là, j'ai exposé un tableau qui a été admis; un tableau honnête, consciencieux, travaillé. Je n'ai pas encore surpris un regard en flagrant délit de sympathie pour mon œuvre. Je me perds dans la foule, je suis convenable, banal et reçu!... C'en est fait de mon avenir...

Mais ne vous figurez pas que ma théorie repose tout entière sur ce seul exemple!... Nous avions dix-sept ans, nous sortions du collége,

mon frère et moi ; — car j'ai oublié de vous dire
que nous étions jumeaux.

Nous nous présentons au baccalauréat. Je
suis admis; il est refusé...

Pour me récompenser, on me colloque dans
un abominable bureau de ministère, où je m'é-
tiole, m'abrutis, me suicide lentement.

Lui, — en sa qualité de refusé, — ne pouvait
prétendre à l'honneur de ramer sur les galères
de l'administration.

— Ce pauvre garçon, comme soupirait notre
mère, ce n'est pas sa faute !

Et tandis que je portais le bât, elle lui bour-
rait ses poches d'écus qu'il dépensait dans une
oisiveté sardanapalesque.

Ce pauvre garçon !...

Ducroquet commençait, à mesure qu'il parlait, à s'échauffer davantage, et à passer du
rose au rouge, du rouge au cramoisi. Rassem-
blant cependant son courage :

— Vingt ans se passent, reprit-il avec une

rage concentrée, nous tirons à la conscription.
Vu sa faiblesse de tempérament il est refusé, —
et l'on me prend à sa place. Total, deux mille
francs que je suis obligé de compter sur un petit héritage que j'avais fait. Deux mille francs
pour me conserver aux paperasses du gouver-
nement! c'en est trop!

Je jette la bureaucratie aux orties et je me
fais homme de lettres. Mon frère, — par esprit
d'imitation chronique, — embrasse immédiate-
ment la même carrière.

Nous présentons chacun une pièce. On refuse
la sienne, la mienne est acceptée.

— Diable! mais votre rôle, cette fois-là, me
paraît avoir été préférable au sien!

— C'est une ironie, n'est-ce pas? Ne plai-
santez pas, je vous en prie, avec mes souffran-
ces... Ma pièce reçue est sifflée outrageusement.
Je suis aplati du premier coup.

Lui, au contraire, a tous les bénéfices de l'inconnu et du méconnu. C'est à qui le consolera

de l'ineptie des directeurs. Un petit journal qui était alors en querelle avec le théâtre d'où il avait été éconduit proclame, en deux colonnes, que sa comédie était un chef-d'œuvre, que d'ailleurs il en était toujours ainsi, qu'on repoussait les génies et qu'on accueillait les idiots.

L'idiot c'était moi ! le génie, c'était lui !... Lui ! le refusé !

Indigné, j'abandonne les lettres ingrates. On lançait à ce moment-là toutes sortes d'affaires industrielles.

Grâce à la protection d'un ami, j'apprends qu'on doit émettre au pair les actions d'une compagnie qui triplera son capital dans un an. J'intrigue, je supplie pour être des privilégiés.

Mon frère a vent de l'affaire, il intrigue de son côté, mais en vain. On lui refuse des actions, on m'en accorde cent.

— Eh bien ?...

— Eh bien ! huit jours après, elles perdaient trois cents francs pièce, et mon agent de change

m'éreintait pendant que, souriant, lui échap-
pait, grâce au refus, à une débâcle.

A ce passage, je ne pus réprimer un sourire.

— Vous riez! exclama Ducroquet exaspéré,
vous riez!... Riez donc plus fort encore, car
vous n'avez pas fini!

Toutes ces désillusions m'avaient brisé!

Il me fallait les joies de la famille! le calme
du foyer! les compensations de la félicité intime!

Une jeune fille, belle comme les amours, m'ap-
parut dans une soirée. Le lendemain, j'étais
éperdûment épris. Le surlendemain on m'an-
nonçait que mon frère aspirait déjà à sa main
depuis un mois.

C'en était trop!

Je me pique au jeu. Je mets en œuvre toutes
mes éloquences, tous mes entraînements. On
refuse mon frère et je deviens l'époux de la
jeune fille, belle comme les amours.

— Cette fois, au moins, vous conviendrez...

— Ma femme et moi, monsieur, interrompit
Ducroquet d'une voix caverneuse, nous sommes
séparés de corps et de biens depuis cinq ans, —
et mon frère, le refusé, continue à savourer à
ma barbe les douces indépendances de la vie de
garçon !

Comprenez-vous maintenant ? Croyez-vous
maintenant ?... Concevez-vous que ce *Salon des
Refusés*, dernière goutte d'amertume qui a fait
déborder le vase, est pour moi... Non ! je n'y
veux pas rentrer !... Je me sauve pour échapper
au spectacle du triomphe de mon frère... LE
REFUSÉ !!!

La foule, en effet, continuait à assaillir de
regards avides la croûte de Ducroquet II,
pendant que l'œuvre de Ducroquet Ier languis-
sait, en son coin , perdue dans l'océan des œuvres honorables, — mais admises.

Est-ce que Ducroquet aurait raison ? Est-ce
que le monde appartiendrait aux gens qui savent essuyer à propos tous les refus ?...

LA JOURNÉE AUX SURPRISES

LA JOURNÉE AUX SURPRISES

Je rentrais, — non sans regretter un peu le soleil qui brillait ironiquement de tout l'éclat de son midi,—mais, fidèle esclave du devoir, je m'étais rappelé en déjeûnant que l'imprimeur avait failli attendre et que, comme noblesse, *copie oblige*. Et déjà je prenais la plume, quand j'aperçus, entassée sur mon bureau, une pile volumineuse de lettres.

Il y en avait de blanches, de bleues, de rosées, de carrées, d'oblongues, d'irrégulières; toutes d'ailleurs soigneusement cachetées et

portant uniformément mon nom et mon adresse.

D'où pouvait me tomber cette correspondance quasi-ministérielle ?... N'importe ! Ma curiosité ne me permit même pas d'essayer de répondre à la question. Peut-être ces lettres m'apportaient-elles la nouvelle d'un héritage imprévu ; peut-être — hypothèse plus probable — y en aurait-il une dans le nombre qui contiendrait quelqu'un de ces renseignements précieux dont un journaliste est toujours si friand.

Je me hâtai donc de rompre le sceau de la première, — sceau étranger à tous les raffinements de l'armorial et composé d'un simple pain à cacheter,—puis je lus...je relus... je relus encore. Il n'y avait pas à contester. C'était écrit, bien écrit et, malgré l'étrangeté de la nouvelle, je ne pouvais que me réjouir d'avoir la primeur d'un fait qui, par sa bizarrerie même, devait intéresser vivement le public.

Voici en effet ce que contenait le pli que je venais de décacheter .

— Monsieur,

Supposant qu'un journaliste est toujours heureux des renseignements que lui envoient des amis inconnus, surtout lorsque des renseignements sont dans toute leur fraîcheur et dans toute leur originalité, je m'empresse de vous communiquer un fait qui renverse un des préjugés les plus enracinés de notre époque.

Vous n'ignorez pas, monsieur, que les artistes passent pour ne pratiquer qu'avec beaucoup de réserve les lois de la charité envers le prochain. C'est là une calomnie à laquelle vous pouvez donner un démenti appuyé de la preuve suivante :

Hier, à quatre heures de l'après-midi, une rencontre a eu lieu entre M. X..., un de nos peintres les plus appréciés, et un critique. Le duel avait pour motif un article que le critique

avait publié contre un tableau d'un des confrères de M. X... Celui-ci a été blessé, mais,
ainsi qu'il l'a déclaré sur le terrain, il est fier
de cette blessure.

« Dites du mal de moi, a-t-il ajouté en s'a-
dressant à son adversaire, pourvu que vous ne
contestiez pas le talent de mes collègues, jamais
je ne me plaindrai... »

Cet exemple de confraternité vous fournira,
j'espère, monsieur, la matière d'un commen-
taire éloquent pour lequel je vous prie d'agréer
à l'avance... etc... etc...

***

— Oui, certes ! m'écriai-je tout joyeux en
achevant cette lecture pour la troisième fois,
oui, certes, je célébrerai ce beau trait comme
il le mérite. Qu'importe encore après cela
l'envie que se portent les artistes ?...

Tout en me livrant à ces réflexions, j'avais
pris la seconde missive. Mon étonnement re-
doubla, et jugez s'il y avait de quoi :

— Monsieur le rédacteur, — disait-elle,

Pardonnez-moi la liberté que je prends en vous adressant ces lignes, mais quand vous en connaîtrez le contenu, je ne doute pas que vous ne compreniez et appréciiez comme moi le motif qui me les a dictées.

Les gens de bourse ont été l'objet d'attaques assez vives de la part de la comédie et de la presse, il convient d'imposer silence à ces attaques injustes.

Dans ce but, on ne saurait donner trop de publicité à des actes du genre de celui dont j'ai l'honneur de vous informer.

Trente-deux spéculateurs viennent de se réunir pour fonder une societé dite de l'*Agiotage philanthropique*. Tous les sociétaires, qui doivent prêter un vœu de sobriété et de désintéressement, consacreront toutes les sommes qu'ils gagneront au soulagement des infortunes, hélas! trop nombreuses.

Chaque liquidation sera, aux termes des

statuts, consacrée à la fondation d'une crèche, d'une école, d'un hôpital. La société de l'*Agiotage philanthropique* donne là un exemple magnifique qui ne peut manquer d'être suivi et qui mérite d'être dignement célébré.

Recevez, je vous prie... etc.

— A coup sûr, cette idée mérite des éloges, pensai-je tout ému, et je ne manquerai pas, ô correspondant inconnu, de souscrire à tes vœux. L'agiotage philanthropique! quelle association de mots! Allons! allons! notre temps vaut mieux que les pessimistes ne veulent bien le dire et...

La troisième lettre était ouverte. J'allais de plus en plus fort.

— Monsieur, m'écrivait-on.

Le devoir de la presse est de battre en brèche tous les préjugés, de redresser toutes les erreurs. Une des plus accréditées consiste à insinuer que certains avocats sont prêts à plaider le *pour* et le *contre* suivant qu'ils se trouvent avoir été choisis et rétribués par l'une ou l'autre partie.

Sans aller chercher bien loin les réfutations, je soumets à votre appréciation le trait dont j'ai été témoin, il y a deux jours.

Un de mes amis, puissamment riche, m'avait prié de l'accompagner chez maître Z., dont il voulait solliciter le concours pour un procès important. Maître Z... est précisément, notez-le bien, un des orateurs qui ont la réputation à laquelle je faisais allusion.

Or, à peine mon ami eut-il achevé d'exposer les principaux détails de la cause, que maître Z... se leva avec une dignité admirable et d'un air majestueux :

— Monsieur, ma conscience ne me permet pas de plaider ce dossier. Vous êtes dans votre tort. Mon ami offrit dix mille francs, vingt mille, cent mille... A ce chiffre, maître Z... le prit par le bras et menaça de le faire arrêter pour tentative de corruption.

Habilement encadrée, cette histoire véridique peut, je crois, fournir un chapitre palpitant à un écrivain, et je me dis, en vous en offrant la nouveauté, votre très-humble serviteur.

Je commençai à succomber au poids de la surprise et de l'attendrissement.

— Maître Z..., lui, si méconnu !... c'est une gloire pour l'ordre entier... Ah! je le vois bien, notre époque a été diffamée par la satire. Elle est pleine de vertus qu'on feint de ne pas comprendre...

Que m'annonce encore cette quatrième lettre ?...

La quatrième lettre s'exprimait ainsi :

Monsieur,

Souffrez que j'aie recours à votre intermédiaire pour faire connaître au public la révolution dramatique qui se prépare, et dont j'ai été assez heureux pour forcer des premiers le mystère.

Dans une assemblée tenue secrètement di-

manche, tous les directeurs des théâtres de
Paris ont, à l'unanimité, proclamé qu'il était
urgent de mettre un terme à une décadence qui
ne s'est que trop longtemps prolongée.

En conséquence ils ont décidé :

1° Qu'aucune pièce dite à *femmes* ne serait
plus représentée sur aucune scène et que les
auteurs seraient tenus de ne plus remplacer
l'esprit par des exhibitions scandaleuses ;

2° Que les jeunes gens évincés jusqu'ici seront reçus à bras ouverts par toutes les direc-
tions, qui ont épuisé à satiété les monotones re-
dites des anciens faiseurs ;

3° Que tout auteur convaincu d'avoir introduit dans une pièce un *merci, mon Dieu !* une
croix de ma mère, un *ma tête ! ma pauvre tête !*
et une des soixante-dix-huit formules ana-
logues dont se compose uniquement le répertoire des dramaturges actuels, sera immédia-
tement mis à pied et rayé de la liste des écri-
vains dramatiques.

Avais-je tort, monsieur, de vous dire que ces mesures contiennent en germe une révolution dont la presse doit saluer l'aurore ?

Veuillez recevoir... etc.

Cette fois j'en avais les larmes aux yeux et ce fut à travers un voile de pleurs contenus que je parcourus encore une série d'autres lettres.

On me faisait savoir :

Que les astronomes de l'Observatoire étaient en mesure de prédire la prochaine comète ;

Que M. Trois-Etoiles, romancier à beaucoup de suites au prochain numéro, avait acheté une grammaire française avec l'intention louable de s'en servir ;

Qu'on ne démolirait pas une seule maison en l'an 1869. . . . .

Pour le coup, je débordais d'enthousiasme.

— Mais c'est sublime ! mais c'est admirable ! mais c'est l'âge d'or qui revient !

— Eh bien ! qu'as-tu donc à parler ainsi tout seul ? me demanda un ami qui entrait.

— Ce que j'ai ? Tiens, lis !... Et je lui tendais toutes les lettres !...

— Eh bien !... qu'en dis-tu ? Ai-je raison ?... La fraternité des artistes, le désintéressement de la spéculation, le théâtre régénéré... le... la... les...

— En effet !... Seulement, fit mon ami gouailleur, tu n'as pas pris garde à une chose.

— Laquelle ?

— C'est que tu es mystifié par quelque plaisant. Toutes ces lettres sont datées *du* 1ᵉʳ *avril !...*

— J'aurais dû le deviner, murmurai-je anéanti...

UNE LETTRE DE L'ARBRE DU 20 MARS

UNE LETTRE DE L'ARBRE DU 20 MARS

Des Tuileries, ce 20 mars 1869.

Monsieur le rédacteur,

Permettez-moi de recourir à votre obligeante publicité pour répondre aux attaques passionnées dont je suis l'objet depuis le commencement de cette semaine.

Avec cet empressement de Panurge qui est le propre du caractère des Français, chacun se hâte de me jeter sa petite pierre, et autant j'avais eu jusqu'ici de fidèles adorateurs, autant

12

j'ai maintenant de détracteurs acharnés. Tous
les journaux se sont repassé contre moi une tirade virulente et comminatoire qui a fait les
délices des *Nouvelles diverses*. Du matin au soir,
je vois se former autour de mon vieux tronc
des rassemblements de Prudhommes effarés qui
me montrent le poing d'un air furibond.

Déjà même la province, informée par le télé-
graphe, partage l'indignation générale et s'en-
tretient avec animation de ma trahison coupable.

Bref, si je ne proteste en temps utile pour
imposer silence à la calomnie, c'en est fait à jamais de ma réputation, immaculée jusqu'à ce
jour. Mais je protesterai, monsieur le rédacteur,
ou plutôt j'expliquerai ma conduite.

Rien ne me serait plus facile que de rejeter
sur autrui la responsabilité de l'affaire. C'est
une tactique assez généralement usitée en ce
bas monde et que les hommes emploient volon-

tiers. Mais, nous autres végétaux, nous enten-
dons autrement le point d'honneur.

Je ne vous dirai donc pas que la faute en est
au thermomètre, un ennemi intime que j'ai et
qui travaille hypocritement à me déconsidérer.
Je ne vous dirai pas que c'est lui qui, après
m'avoir donné un galant rendez-vous au nom
du Printemps, m'a laissé me morfondre seul
avec la bise qui faisait rage, ce qui m'a valu une
indisposition connue sous le nom de *bourgeon
rentré*. Non, monsieur le rédacteur, non. De
pareils subterfuges sont indignes de moi et je ne
m'abaisserai pas jusqu'au mensonge.

Comme il est dit dans un des auteurs classi-
ques que vous admirez le plus ici-bas.

> Ce que j'ai fait, monsieur, j'ai cru le devoir faire,
> Je ne prends pas pour juge un peuple téméraire,
> Quoique son insolence ait osé publier...
> Seul, je saurai suffire à me justifier...

Je vais donc droit au fait, sans ambages ni
atténuations.

Depuis plusieurs années déjà, à ne rien vous
céler, mon rôle d'arbre prodige commençait à
me fatiguer singulièrement. En vieillissant, on
revient des sottes ambitions et des vanités vul-
gaires.

Sans doute aux premières années de la jeunesse, alors qu'on est tout zèle et tout séve, il
ne me déplaisait point de faire parler de moi.

J'aimais, je le confesse, ces attroupements de
badauds qui venaient, le nez en l'air, m'offrir le
tribut de leurs hommages routiniers. La publicité avait pour moi des charmes naïfs, et l'idée
que mon nom paraissait imprimé dans un journal me faisait frissonner d'aise de la racine au
faîte.

Puis à voir sans cesse les mêmes visages
ahuris, les mêmes bouches béantes, à entendre
les mêmes compliments, je finis par éprouver le
sentiment de lassitude que cause à toute célébrité les sempiternelles adulations de ces cour-
tisans. J'en étais même arrivé à envier le sort

paisible des marronniers, mes voisins, qui fleu-
rissaient tranquilles, à l'abri des regards im-
portuns de la foule.

Heureux, monsieur, heureux les arbres qui
n'ont pas d'histoire !

Toutefois, j'aurais imposé silence à mes répu-
gnances et subi tous ces ennuis sans murmu-
rer. Quand la notoriété est tirée, il faut la boire,
et popularité oblige. Mais une autre raison, une
raison décisive celle-là, et qui ne prend pas sa
source dans mon égoïsme, est venue m'imposer la résolution que j'ai prise cette année.

Quant on vit, comme moi, dans une immobilité perpétuelle, et qu'on n'a d'autre distrac-
tion que de regarder défiler les ridicules contemporains, on devient nécessairement observateur. Que faire en pareil cas, à moins que
l'on ne songe?... J'ai donc songé, contemplé,
écouté, tant et si bien que j'en suis arrivé à
connaître mon époque sur le bout de mes branches.

Et, la connaissant, j'ai bientôt acquis la cer-
titude que je lui donnais, sans m'en douter,
un très-fâcheux exemple dont elle n'avait pas
besoin : l'exemple de la précocité impatiente et
de la maturité hâtive.

La précocité, monsieur ! c'est, hélas ! la
grande plaie du temps, le fléau qu'il convient
de combattre à outrance.

Voyez — comme je suis condamné à les voir
moi-même — tous ces bambins et toutes ces
gamines qui représentent une bonne partie de
mon public ordinaire. Tout cela est d'un pré-
maturé à faire frémir. Tout cela vous a des co-
quetteries et des machiavélismes avant l'âge
qui m'ont bien souvent attristé. Celui-ci, un
mioche de six ans, parle à son camarade des
opérations que son père fait à la Bourse et dé-
clare que lui aussi veut gagner de l'argent.
Celle-là, une fillette haute comme le demi-
quart d'un de mes rameaux, prend déjà sa cri-

noline au sérieux et s'inquiète gravement de la façon dont bouffe sa robe de soie.

Plus de naïveté, plus de naturel, plus d'enfance enfantine ! Arbres du 20 mars, arbres du 20 mars que toute cette petite génération prétentieuse et pressée de vivre !

Si des enfants on passe aux hommes, c'est là que j'ai, par ma foi, bien d'autres concurrences.

Manger tous les blés en herbe, ne rien laisser mûrir, substituer l'éclosion forcée au développement vrai, percer vite au lieu de percer bien, mettre la serre chaude à la place du bon vrai soleil..... Voilà la grande plaie sociale.

Parlons-nous des arts ? Allez un peu entendre ces petits pianistes-phénomènes que la spéculation a surmenés et qui, pour avoir voulu anticiper sur l'avenir, avorteront demain. Tristes arbres du 20 mars, éclos malgré eux !

Regardez les œuvres de ce peintre qui a voulu exposer à l'heure où les maîtres apprenaient

encore. Un miracle! Soit... Mais qui lui coûtera
le talent qu'il aurait pu avoir.

C'est à qui, ayant encore aux doigts de l'encre
du collége, entreprendra d'*enseigner les masses*
du haut d'un journal mort-né, stérile arbre du
20 mars qui ne pousse le plus souvent qu'une
seule feuille.

On a des bacheliers. On n'a plus de jeunes
gens.

C'est à qui, à la première apparence du printemps financier, lancera en commandite des
affaires du 20 mars auxquelles la faillite ne
tarde pas à dire : « Tu n'iras pas plus loin! »

A dix-huit ans, les demoiselles à marier se
qualifient ironiquement de vieilles filles. On
fume en jaquette.

Non décidément, monsieur, les vivants vont
trop vite, — et je ne veux pas continuer plus
longtemps à leur donner un funeste exemple.
Ainsi que je vous l'ai, je crois, suffisamment

démontré, il y a assez et trop d'arbres du 20 mars sans votre serviteur.

Je prie donc mes contemporains de vouloir bien accepter ma démission.

Puisse cet acte les amener à résipiscence ! Puissent mes conseils être entendus ! Dans tous les cas, j'ai cessé une exception. Tant pis pour la règle générale ! J'abdique.

Voilà, monsieur, ce que j'avais à dire. Voilà le véritable motif de ma conduite. Suis-je à blâmer ? Je ne le pense pas. Le public appréciera, comme disent tous ceux qui écrivent aux journaux.

Sur quoi il ne me reste qu'à vous demander pardon, ainsi qu'à vos lecteurs, de la place que j'usurpe dans vos colonnes. C'est la dernière fois qu'on les entretiendra de la personnalité de

Votre dévoué serviteur,

CELUI QUI FUT L'ARBRE DU 20 MARS.

LES DIALOGUES DE L'ORCHESTRE

LES DIALOGUES DE L'ORCHESTRE

La scène se passe à l'orchestre d'un théâtre de musique.

Nuit complète dans la salle. Il est six heures du soir. Les divers instruments qui viennent de servir à une répétition et qui serviront encore tout à l'heure à la représentation sont là, dans des attitudes diverses qui, toutes, trahissent une complète unanimité d'ennui.

13

Le silence est bientôt troublé par un formidable ronflement.

— Rrron ! Rrron !

LA PETITE FLUTE, *d'une voix aigre.* — Qui fait un pareil tapage ?

LA CLARINETTE. — Parbleu ! vous le demandez ! Qui voulez-vous que ce soit sinon la contre-basse !

LE RPEMIER VIOLON. — Est-elle heureuse de dormir ainsi ! Qui dort oublie, et Dieu sait si nous avons besoin d'oublier !

LE TROMBONE , *d'une voix caverneuse.* — Chien de métier... Pas une minute de repos. A peine une répétition est-elle finie qu'il faut recommencer.

LE TRIANGLE. — Recevoir des coups du matin au soir !

LE TROMBONE. — Mon satané artiste me souffle dedans avec une telle violence que je crois par instants que je vais éclater.

LA FLUTE, *d'un ton sentimental.* — Pauvre

ami ! vous du moins vous êtes de cuivre, tandis que moi...

LE PISTON. — De cuivre !... On n'en est pas moins sensible pour cela.

LE VIOLONCELLE. — Pas si sensible que ceux qui vibrent comme moi.

LA GROSSE CAISSE. — Ou qui, comme moi, ont des secousses qui retentissent jusqu'au fond des cœurs.

LE VIOLON. — En étourdissant les oreilles !

LA GROSSE CAISSE. — Voyez-vous ce pointu ! Ce n'est pas toi, gamin, qui conduirais les soldats à la victoire !

LE VIOLON. — Du chauvinisme à présent !

LA GROSSE CAISSE. — Drôle, si je...

LE HAUTBOIS, *soupirant.* — De grâce, pas de querelles ! Nous sommes assez malheureux sans que des dissensions intestines viennent encore aggraver notre situation lamentable !

LE TROMBONE. — Oh ! oui, assez malheureux.

Non, ma parole, il devrait être défendu de souffler dans un pauvre instrument comme...

LE BASSON. — Que voulez-vous ! C'est le goût du jour. Du bruit au lieu de musique. Quand je pense au bon vieux temps ! Tel que vous me voyez, j'ai connu Grétry.

LE TROMBONE. — Le voilà qui commence avec ses souvenirs rétrospectifs, celui-là.

LE BASSON. — C'est de l'histoire !

LE TROMBONE. — Ancienne !

LE VIOLON. — Sans compter que les anciens, quand ils s'appelaient Mozart...

LA GROSSE CAISSE, *tonnant*. — Enfer et damnation ! ne me parlez pas de cet homme-là. Il n'a jamais eu pour la grosse caisse la considération à laquelle elle a droit.

LE VIOLON. — De quoi vous plaignez-vous ? Verdi vous reste.

LA CLARINETTE. — Elle a tout de même...

LA CONTRE-BASSE, *lui coupant la parole*. — Rrron ! rrron ! rrron !

LA CLARINETTE. — Peut-on ronfler ainsi! Je disais donc... Elle m'a fait perdre le fil de mes idées avec ses grognements.

LA FLUTE. — Vous disiez : Elle a tout de même...

LA CLARINETTE. — Ah! oui... Elle a tout de même été drôle la répétition de l'opéra qui doit passer la semaine prochaine.

LE BASSON. — Ce n'est pas du temps de Méhul que les choses...

LE TROMBONE. — Assez!... On la connaît!

LE VIOLON. — Avez-vous vu le compositeur derrière un portant?

LE TROMBONE. — Une tête d'imbécile!

LE VIOLONCELLE. — Qui ne trompe pas son monde, car ses œuvres sont dignes de son profil.

LA PETITE FLUTE. — On raconte qu'il a payé dix mille francs pour se faire représenter.

LE TROMBONE. — Ce n'est pas assez cher. Sa partition valait mieux que cela.

LE VIOLON. — Il est donc très-riche?

LE TROMBONE. — Aussi riche d'écus que pauvre d'idées.

LE BASSON. — Quand je pense à la façon dont Hérold vous menait une répétition !

LE TROMBONE. — Et on ne le mettra pas aux Incurables, ce radoteur-là?

LA CONTRE-BASSE. — Rrron! rrron!...

LA CLARINETTE. — Bientôt sept heures. Il va falloir trimer pour le spectacle du soir.

LE TROMBONE. — Quelque chose de joli encore.

LA GROSSE CAISSE. — Pourquoi ai-je quitté le régiment auquel j'étais attaché? Là, du moins...

LE VIOLON. — Si vous vous mettez à raconter vos campagnes, je casse mes quatre cordes.

LE VIOLONCELLE. — C'est encore la *Fiancée de Sparte* qu'on joue.

LE TROMBONE. — Parbleu !

LE VIOLON. — Avec le ténor septuagénaire.

LA FLUTE. — N'exagérons rien... Il n'a guère que cinquante-neuf ans.

LE TROMBONE. — Et il ne pourrait pas se retirer, au lieu de donner au monde un si lugubre échantillon de décrépitude obstinée?

LA GROSSE CAISSE. — Après trente ans de services dans le militaire, on est mis à la retraite.

LE HAUTBOIS. — Il n'a rien pour vivre.

LE TROMBONE. — Après avoir gagné des cent et des mille... Et vous croyez que je vais le plaindre?

LA FLUTE. — Et le baryton!

LE VIOLON. — Il a fait cent vingt-trois fausses notes avant-hier.

LE BASSON. — Ce n'est pas Martin qui aurait fait une fausse note, lui! une seule. Je me rappelle que dans le *Nouveau-Seigneur*...

LE TROMBONE. — Hélas! C'est la quarante-huitième fois que nous entendrons l'anecdote.

LE BASSON. — Il y a des souvenirs qui sont toujours intéressants.

LE TROMBONE. — Pour ceux qui les racontent.

LE VIOLON. — Comment trouvez-vous la débutante?

LE VIOLONCELLE. — Un mélange de pointu et de fadasse.

LE TROMBONE. — Du sirop de vinaigre.

LA GROSSE CAISSE. — Tout cela ne vaut pas une vivandière que nous avions au 14ᵉ de ligne... une voix à...

LE VIOLON. — On la dit très-protégée, la débutante.

LE VIOLONCELLE. — Le malheur, c'est que ceux qui la soutiennent ne puissent pas soutenir aussi sa voix.

LA CONTRE-BASSE. — Rron!... rron!... rron!...

LE HAUTBOIS. — Et le contralto qui s'est fait jeter un bouquet hier!

LA FLUTE. — Les fleurs sont donc au rabais ? Elle qui est aussi avare que vaniteuse.

LE BASSON. — Des bouquets !... C'est quand la Malibran chantait qu'il fallait voir... Je me rappelle en 1831...

LE TROMBONE. — Assez !

LE VIOLONCELLE. — Voilà qu'on vient allumer le lustre et la rampe.

LE VIOLON. — Déjà... misère !

LA GROSSE CAISSE. — Au régiment, du moins, j'avais mes soirées tranquilles.

LE HAUTBOIS. — Nos musiciens arrivent.

LE TROMBONE. — Suivis de notre chef d'orchestre, un gaillard qui s'agite pendant que nous le menons.

LA CONTRE-BASSE. — Rron !... rron !...

LE TAMBOUR. — Elle va donner envie de dormir au public.

LE VIOLON. — Il n'y a pas besoin d'elle pour cela. La pièce suffit.

LE VIOLONCELLE. — Une jolie brune, là-haut au balcon.

LA GROSSE CAISSE. Si vous aviez vu la femme de notre colonel !

LE BASSON. — En fait de jolies femmes, parlez-moi de Grisi dans sa jeunesse. Figurez-vous...

LE TROMBONE. — On frappe les trois coups !... Sauvés !... Nous échapperons au récit...

LA CONTRE-BASSE. — Rron ! rron !...

LE TROMBONE. — Est-elle heureuse, cette marmotte-là, de pouvoir dormir debout !

(*La toile se lève. Les instruments se taisent...*)

DANS L'AUTRE MONDE

DANS L'AUTRE MONDE

La scène se passe aux Champs-Elysées d'ou-
tre-tombe, compartiment des auteurs dramatiques.

PERSONNAGES:

MOLIÈRE. | BEAUMARCHAIS.
LESAGE. | BALZAC.

MOLIÈRE. — Mon cher Balzac, tous mes compliments

BALZAC. — A quel propos, mon cher Molière?

MOLIÈRE. — A propos, parbleu! de la reprise de votre *Mercadet,* qui a été joué en ma propre maison avec un succès dont...

BALZAC. — Je vous remercie, mon cher Molière, de vos bonnes intentions ; quant à vos compliments, il m'est impossible de les accepter.

MOLIÈRE. — Comment cela ?

BEAUMARCHAIS. — La modestie n'est plus guère nécessaire chez les morts ; ici tous les masques doivent tomber.

BALZAC. — Aussi n'est-ce pas un masque. La reprise, au sujet de laquelle vous me félicitez, m'a navré en me démontrant que je n'étais qu'un myope de lettres.

LESAGE. — Toujours original.

BALZAC. — Je n'ai nulle envie de plaisanter. Lorsque j'écrivis *Mercadet,* je m'imaginai avoir posé les colonnes d'Hercule du *flibustiérisme.* Naïf que j'étais !

BEAUMARCHAIS. — En vérité, vous eûtes cette candeur ?

BALZAC. — Mon Dieu, oui, je croyais avoir amené à son dernier degré de perfection le type ébauché par vous dans *Turcaret*. Triple sot ! l'avenir s'est joué de moi. *Mercadet* est un enfant dans l'art de duper ses semblables. Avant peu, on rira de ses combinaisons mesquines, et, par conséquent, de mes mesquines conceptions.

MOLIÈRE. — Vous avez tort, mon cher ami, de vous en vouloir à ce point, ce n'est pas votre faute si le vice humain marche toujours plus vite que la comédie qui le poursuit.

BEAUMARCHAIS. — Sans nul doute, il faut bien en prendre son parti. Voyez plutôt mon Figaro ; tous les abus qui lui échauffaient la bile ne seraient plus aujourd'hui que vétilles à côté des abus qui leur ont succédé.

BALZAC. — Vous cherchez à me consoler, mais vous n'y parviendrez pas.

MOLIÈRE. — A vous consoler? Quelle dérision!
Les faits ne sont-ils pas là pour vous prouver
notre sincérité. Prenez tout mon répertoire et
voyez un peu si je ne suis pas autrement distancé que vous.

BALZAC. — Je proteste; votre *Tartufe*...

MOLIÈRE. — Mon *Tartufe*. Je croyais, en
effet, comme vous, avoir poussé le type à l'ex-
trême. Comme vous, depuis, je me suis aperçu
que la réalité avait dépassé singulièrement
ma fiction.

BEAUMARCHAIS. — Il a raison.

MOLIÈRE. — *Tartufe!* Quand je pense que je
me suis évertué à faire converger tous ses efforts
sur la maison de ce pauvre Orgon! La belle
avance et le fier résultat! Quand il aurait pris
au bonhomme sa femme et son gîte, il se serait
cru bien fort, mon héros. Les petits-fils ont
d'autres manières d'opérer. Au lieu de pratiquer
en chambre, ils travaillent en pleine société.
Parlez-moi de ces gaillards-là pour brasser les

intrigues. Et comme ils doivent avoir pitié de l'aïeul que je leur avais donné !

LESAGE. — C'est parler d'or ; vous rappeliez tout à l'heure mon *Turcaret*, Balzac ; celui-là est distancé aussi de je ne sais combien de longueurs de sottise et de vanité. Les Turcarets contemporains, dont nous lisons chaque jour les hauts faits dans la *Gazette posthume*, font la loi au nom de la pièce de cent sous.

BEAUMARCHAIS. — Une royauté, celle-là, pour laquelle il n'y a pas de révolution.

LESAGE. — *Turcaret* n'est plus seulement un type, c'est une institution. Du gland est sorti un chêne.

BALZAC. — Je ne dis pas non.

MOLIÈRE. — Après *Tartufe*, quel est celui de mes personnages que vous voulez que je choisisse pour continuer ma démonstration ? Serait-ce le *Bourgeois gentilhomme?* J'en avais fait une exception candide, il est devenu une règle tellement générale que des agences se sont

fondées où l'on débite, pour messieurs Jourdains, des particules à prix fixe et des par-
chemins sur commande.

BALZAC. — J'en ai connu pour ma part plusieurs douzaines qui faisaient partie de la clientèle.

MOLIÈRE. — Vous voyez bien, par compa-
raison avec sa descendance, mon Jourdain à moi
n'est plus qu'un vieux niais tombé en enfance.
Les autres, les Jourdains d'aujourd'hui, ne sont
pas assez sots pour tenir conférence avec le
maître de grammaire sur la façon de prononcer
les consonnes ou les voyelles ; ils n'apprennent
même pas l'orthographe, c'est plus simple.

BEAUMARCHAIS. — On a un secrétaire qui
vous fait de l'esprit au mois.

MOLIÈRE. — Personne n'oserait jouer aux
Jourdains d'à présent la fameuse comédie du
Mamamouchi. S'ils se sont mamamouchisés,
c'est en traitant directement avec quelques
chancelleries étrangères, et il faut qu'on leur

livre la marchandise sérieusement comme ils l'achètent.

LESAGE. — Des affaires avant tout.

MOLIÈRE. — Voulez-vous que nous passions à mes petits marquis? Des modèles bien arriérés, mon pauvre Balzac, à côté des petits crevés du jour. Je me figurais les avoir faits aussi bêtes, aussi prétentieux, aussi saugrenus que la nature pouvait le comporter. Allez-y voir un peu.

BEAUMARCHAIS. — Ce n'est pas la peine de vous déranger pour cela, il en arrive assez tous jours ici, de ces avortons dont l'absinthe, la débauche et le jeu délivrent d'un revers de main la terre, où malheureusement il leur pousse des successeurs.

BALZAC. — La mauvaise herbe...

MOLIÈRE. — Je n'ose même plus songer à mes petits crevés à moi. Ils m'ont l'air de héros d'esprit, de dévouement, de courage. Mais, que voulez-vous, le progrès du mal.

LESAGE. — Avez-vous vu avant-hier l'espèce

de vicomte qui faisait partie du train mortuaire du jour, et qui s'était écrasé la cervelle dans je ne sais plus quel steeple-chasse ?

BALZAC. — Je l'ai vu. Ce qui m'a seulement étonné, c'est qu'il ait pu avoir de la cervelle à écraser.

MOLIÈRE. — Si peu !

BALZAC. — Le fait est que le spécimen était curieux. Le ramollissement fait homme.

MOLIÈRE. — Le ramollissement! encore une maladie que notre comédie n'a pas su prévoir.

BEAUMARCHAIS. — Ne le regrettons pas; l'eût-elle prévue qu'elle ne l'aurait pas guérie.

MOLIÈRE. — Et mes *Précieuses ridicules !*

LESAGE. — Les demoiselles Benoîton ont changé tout cela.

MOLIÈRE. — Cathos et Madelon, que je raillais sans me douter de ce qui devait suivre, avaient du moins, dans leur grotesque, la recherche du raffinement et de l'élégance. Depuis

lors, les Cathos et les Madelons n'ont plus eu
que la recherche du trivial et du débraillé. La
quintescence a fait place à l'argot ; franchement
mieux valait encore sentir le musc que l'égout.

BALZAC. — Impossible de le contredire.

BEAUMARCHAIS. — Rien ne prévaut contre le
fait brutal.

MOLIÈRE. — Et mon *Misanthrope?*

BALZAC. — Pauvre Alceste!

MOLIÈRE. — Comme ses indignations doivent
paraître puériles aux gens du dix-neuvième
siècle; il entrait en fureur et en anathèmes
pour des choses qui, aujourd'hui, feraient presque décorer les gens.

LESAGE. — Il lui serait impossible de vivre,
mon cher Molière, dans cet état d'exaspération
permanente. Les vilenies d'alentour lui auraient
depuis longtemps donné un bon anévrisme dont
il serait mort.

BALZAC. — Un brave cœur !

LESAGE. — Ce sont toujours ceux-là qui tuent leur homme.

MOLIÈRE. — Lui qui en [arrivait à mépriser Célimène, quel genre de sentiment pourrait-il inventer pour les Célimènes de marbre ou plutôt de béton durci qui promènent leurs toilettes tapageuses du boulevard des Italiens au lac du Bois de Boulogne ?

BEAUMARCHAIS. — Quant à votre *Sganarelle*...

MOLIÈRE. — Celui-là, je n'en parle même pas, il est trop passé dans les mœurs avec perfectionnement de *Lionnes pauvres* et compagnie. Pour ce qui est de mes *Femmes savantes*...

BALZAC. — Ah! mon   ni, si vous aviez comme moi connu des bas-bl s modernes !

MOLIÈRE. — La *a ette Gposthume* nous a donné un ou deux de   feuilletons, cela m'a suffi.

BALZAC. — Je le crois sans peine.

LESAGE. — Donc, mon cher Balzac, Molière a raison quand il vous dit que la comédie doit en prendre son parti et rester toujours en deçà de la vérité.

MOLIÈRE. — Que sont les *Fourberies de Scapin* auprès des fourberies de *Robert-Macaire ?*

BALZAC. — De sorte que, selon vous, mon *Mercadet...*

MOLIÈRE. — A donné la seule note qu'il pût donner. On l'a dépassé depuis longtemps dans la vie pratique, c'est vrai, mais cette mésaventure lui est commune avec tous nos personnages.

BEAUMARCHAIS. — Sans compter que les types des comédies venues après nous sont déjà dépassées à leur tour. Les *Effrontés,* d'Émile Augier, commencent à avoir des airs de rosières à côté de ceux qu'on rencontre place de la Bourse.

LESAGE. — Les *Faux Bons hommes* ont formé des élèves qui ont éclipsé leurs maîtres.

BEAUMARCHAIS. — Les *demoiselles Benoîton* sont vieilles elles-mêmes et surpassées. L'argot, qui, aux premières représentations, avait paru

monstrueux dans leur bouche, couvre maintenant les lèvres féminines de la Chaussée-d'Antin
au faubourg Saint-Germain.

BALZAC. — Allons, je crois que vous dites
vrai, et je retire ma désolation.

MOLIÈRE. — Rappelez-vous, mon cher ami,
qu'il est déjà bien audacieux d'oser peindre
l'homme aussi laid qu'il l'est, mais qu'il est absolument impossible de le peindre aussi laid
qu'il le deviendra.

JE NE SUIS PAS FOU DE LA CHASSE

JE NE SUIS PAS FOU DE LA CHASSE

— Certainement... je l'admets... tous les goûts sont dans la nature... Cependant je vous avouerai que je ne suis pas fou de la chasse... Non!... je n'en suis pas fou...

Ainsi s'exprimait l'autre jour, dans un dîner masculin, un monsieur à la physionomie placide, à l'œil insouciant, à l'allure bénigne.

Chacun précisément, — vu le voisinage de la fameuse ouverture, — venait de se livrer à des professions de foi emphatiques.

Ce n'étaient qu'enthousiasmes, ce n'étaient qu'exploits. Une vraie conversation de chasseurs, c'est tout dire.

Aussi la déclaration tranquille du monsieur d'un certain âge fit-elle l'effet d'une discordance, et provoqua-t-elle de nombreuses protestations.

— Mon cher, vous êtes un barbare!...

— Quel vandalisme!

— Il n'y a pas de plaisir comparable.

— Qui n'aime pas la chasse est indigne de vivre!...

Etc., etc., etc...

— Pardon! messieurs, reprit le monsieur d'un certain âge, quand le torrent d'objections eut fini de couler... Je n'ai pas dit que je n'aimais pas la chasse. J'ai dit seulement que je n'en étais pas fou.

Ce qui est bien différent!...

Du reste, cela tient peut-être à ce que je n'ai chassé que cinq fois, dans des conditions qui n'étaient pas parfaitement agréables.

— Lesquelles?... lesquelles?... fit l'auditoire d'une voix.

— Mon Dieu!... si cela peut vous intéresser...

— Oui! oui!

.·.

— La première fois, messieurs, poursuivit le monsieur d'un certain âge en promenant sa cuiller dans le café qu'on venait de lui servir, j'étais fort jeune.

Au plus vingt ans.

A cette époque printanière, on ne doute de rien. Les exigences de la loi ont notamment le privilége de paraître aussi ridicules qu'abusives.

Je me faisais une véritable fête de me soustraire aux obligations du port d'armes vexatoire et prohibitif.

Quant aux gardes champêtres, gendarmes et autres agents de l'autorité, mon audace me répondait de leur impuissance.

14.

Je partis.

Mon début n'avait pas encore eu le temps de son émotion inséparable, et ma carnassière était restée complétement vide jusqu'alors, quand je me sens frapper sur l'épaule.

C'était un paysan.

— Vous savez, vous, que vous êtes dans une chasse réservée ?

— Pas posible ! Et puis?

— Et puis je vas faire dresser procès-verbal.

— Par qui ?

— Par le garde champêtre.

— Je m'en moque pas mal.

— Ah ! vous vous moquez de moi?...

Ce dernier cri était proféré par une autre voix. Je me retourne, le garde champêtre en personne était devant moi.

Je résiste, je me rébellionne. Le garde champêtre veut m'appréhender. Je lutte. Le paysan en profite pour exercer sur moi des représailles à la force du poignet.

Si bien que battu, vexé, je suis enfermé dans la prison de la sous-préfecture et condamné à quinze jours, plus cinq cents francs d'amende.

* * *

— La seconde fois que j'eus le plaisir de chasser, je pris le chemin de fer.

Tout en roulant, je supputais les probabilités de gibier qui me souriaient.

Car j'avais eu soin cette fois-là de me munir du port d'armes protecteur.

Nous n'étions plus qu'à deux lieues de l'endroit où je devais me livrer à mes exploits cynégétiques.

Un violent coup de sifflet se fait entendre.

Un autre y répond avec détresse.

Je veux mettre la tête à la portière... Boum!...

Avant d'avoir exécuté le mouvement, je reçois en pleine poitrine la tête de mon voisin de face, tête si dure que j'en ai deux côtes enfoncées.

I

Une rencontre épouvantable venait d'avoir lieu entre mon convoi et celui qui, le précédant, avait été retardé par un accident fortuit.

Je vous tiens quitte du tableau.

Morts, mourants, cris, pleurs. On me rapporte à Paris, où je reste pendant deux mois au lit.

La troisième fois que j'eus le plaisir de chasser, c'était avec un de mes amis, un garçon que j'aimais beaucoup, et qui avait l'air de me le rendre.

Nous étions partis avec l'aurore, gais, alertes, devisant joyeusement.

C'était une expédition préméditée et caressée dès longtemps, un rêve de paradis combiné avec amour.

Mon ami m'avait vanté son talent de chasseur, son expérience, ses raffinements dignes de Nemrod.

Lui seul connaissait les bons endroits, les affûts; que sais-je?

De fait il était équipé splendidement. Quelle belles guêtres! quel fusil breveté! quelle veste de velours!

Nous arrivons à une clairière.

Mon ami me poste.

— Ne bouge pas. Les chiens vont rabattre. Moi, je me mets dans l'autre taillis... Sentinelle, bouge pas!...

Je n'aurais eu garde.

Deux minutes après, un coup de feu retentit... et je tombe.

Mon ami m'avait, en tirant un lièvre, envoyé dans le bras gauche toute sa décharge.

J'en fus quitte pour ces deux doigts qu'on m'amputa.

De plus, comme j'étais une vivante preuve de sa maladresse, je fus mortellement brouillé avec un ami intime...

⁂

La quatrième fois que j'eus le plaisir de chasser, c'était il y a cinq ans.

Je m'étais marié l'année précédente avec une femme que j'adorais, et qui avait l'air de partager ce goût.

— Mon amie, tu vas bien t'ennuyer, lui dis-je; mais j'ai promis... une partie de chasse !...

— Va donc, mon chéri... Quand tu t'amuses je ne m'ennuie jamais, et puis je penserai à toi.

— Oh !... je reviendrai jeudi.

Nous nous séparons, non sans un pleur.

Le matin du second jour, vers six heures, je me foule le pied en sautant un fossé à la piste d'un faisan, mon premier !

On est obligé de me remettre en voiture pour Paris.

J'arrive à minuit.

Je sonne. On ne répond pas.

J'insiste.

Je crie, je me nomme. Enfin je me rappelle que j'ai une seconde clef.

Et je trouve...

Trois mois après, j'étais séparé de corps et de biens pour cause d'adultère.

.*.

La cinquième fois que j'eus le plaisir de chasser, continua le monsieur d'un certain âge, en se versant un troisième verre de fine champagne, je venais de fonder un établissement de commerce dans lequel j'avais mis toute ma fortune.

J'étais bien occupé, mais une de mes connaissances, sous-directeur d'une compagnie d'assurances contre l'incendie, me sollicita tant que je ne pus me dispenser de l'accompagner.

D'ailleurs, nous devions, tout en chassant, établir les bases du contrat d'assurances qui de-

vait garantir la sécurité de mon établissement
commercial.

En effet, tout en nous rendant sur le terrain,
nous devisions.

— Je vous avantage de un pour cent, me dit
mon compagnon, c'est immense.

— Comment!

— Vous vous assurez pour cent cinquante
mille francs.

— Cent cinquante mille.

— Bon, nous rédigerons l'acte dès notre retour.

— Dès notre retour.

— Attendez!... ce bruit-là imite le cri d'une
compagnie de perdreaux.

Nous écoutons.

C'étaient des pas précipités. Le domestique de
l'hôtel où nous étions descendus accourait essoufflé.

— Monsieur!... monsieur !... me dit-il.

— Quoi?

— Il vient d'arriver une dépêche télégra-
phique pour vous... Le feu a pris à la maison
où est votre magasin... tout est réduit en cen-
dres...

J'étais ruiné de fond en comble...

Telles sont, messieurs, mes cinq parties!...

Vous comprenez, conclut le monsieur d'un
certain âge en se versant un peu de char-
treuse...

J'aime bien la chasse... mais je n'en suis pas
fou!

LA JOURNÉE D'UN AFFICHEUR

LA JOURNÉE D'UN AFFICHEUR

En avant quatre et gare dessous! Tout ce qui me tombe sous la main sera impitoyablement orné de mon industrie.

Pauvres affiches! Tout n'est pas rose — hormis le papier — dans leur existence. On nous traque, on nous chasse de partout, partout se dresse à nos yeux le terrible : *Défense d'afficher*. Comme si les propriétaires qui nous proscrivent si rigoureusement faisaient autre chose du matin au soir!

Pourquoi se condamnent-ils à s'asphyxier d'ennui dans des soirées où ils bayent aux bougies ? Pourquoi se chamarrent-ils d'un luxe de mauvais goût ? Pourquoi marient-ils leurs belles demoiselles à des cacochymes qu'elles n'aiment pas, mais dont le nom sonne d'une façon ronflante ?

Pour faire comme moi. Pour afficher qu'ils sont riches, qu'ils vont dans le monde, qu'ils ont un gendre monté sur particule.

Et avec tout ça, ils ne veulent pas que le pauvre afficheur vive. Peut-être bien, au fait, par esprit de concurrence ! Heureusement que, si les murs s'en vont, les démolitions sont venues.

Des amours de démolitions à travers des quartiers à n'en plus finir. Ça vous offre des kilomètres de palissades à tapisser de la prose de ma clientèle.

Attention ! voilà justement un local superbe.

Je me l'approprie. Il y a sur ces planches-là au moins place pour une demi-douzaine de mes produits. (*Il commence à coller.*)

.·.

Remède infaillible contre la chute des cheveux... C'est bien à ma connaissance la trois millième infaillibilité de ce genre que je présente à l'admiration de mes concitoyens. Et il y en a toujours pour leur donner le baptême des écus.

Faut croire qu'on tient plus à son toupet qu'à sa réputation ; car si on inventait un remède contre les chutes morales, il ne me semble pas qu'il aurait beaucoup de souscripteurs. Après ça, ça se voit moins !...

Numéro deux.

Photographie nouvelle. Épreuves inaltérables

au charbon de terre... Je serais mathématicien,
que je m'amuserais à faire un calcul. — Oh !
mon Dieu ! c'est bien simple. Savoir combien de
temps le monde mettra à mourir de faim, en
prenant pour base le chiffre annuel des gens
qui s'établissent photographes. Car, bien sûr,
ça ne finira pas autrement. Quand tous les
bouchers, tous les fruitiers, tous les épiciers se
seront mis à faire de la photographie, il faudra
bien qu'on passe l'arme à gauche. Autant cette
façon-là qu'une autre. Pourtant j'aimerais
mieux une autre, moi.

Cristi ! qu'est-ce que ce gigantesque morceau-
là ?... *Compagnie immobilière des défrichements
de l'Uruguay. Émission de...* Je ne m'étonne
plus que l'on fasse tant d'embarras et tant de
frais de papier. C'est le prochain qui payera. En
voilà de la besogne ! Une affiche grande comme
une façade d'édifice public. Les mauvaises
affaires, c'est toujours ce qui tient le plus de

place aujourd'hui. Ma foi, tant pis, j'ai beau y mettre toute ma science et toute ma colle, la *Compagnie immobilière* ne veut pas prendre. Je la laisse à moitié placardée. Elle n'est probablement pas constituée du tout. Je suis encore en avance sur les capitaux...

Il n'y a plus de planches vacantes, allons plus loin.....

Arrêtons-nous ici, l'aspect de ces murailles... D'autres affiches que les miennes, placées par le pinceau d'un rival... Je leur donne congé sans huissier... Vous me direz à ça que le procédé manque de délicatesse. Eh ! qui donc fait autre chose à notre époque ? Dans les bureaux, dans les arts, dans la finance, amis ou étrangers, tous ne cherchent-ils pas à coller leur petite affiche par-dessus celle d'autrui ?... Là ! .voilà la place bien nette... J'ai le corbillon, qu'y met-on ?...

Ceci : *Grande liquidation après faillite.* C'est

15.

drôle encore. Il fut un temps où on se serait
caché pour se livrer à ces exercices-là. Moi, si
je devais seulement quinze sous à mon bou-
langer, j'aurais peur que ça soit connu de tout
un chacun. Eux, les gros messieurs, ils payent
pour qu'on n'ignore pas qu'ils ont floué leurs
créanciers de plusieurs centaines de mille
francs. Affaire de tempérament. Je ne dois sans
doute pas assez pour que ça me soit indifférent.

A un autre!... *Maladies du foie. Guérison
assurée.* L'assurance, ce n'est jamais ce qui
manque à nos docteurs, mais le reste. J'aurais
tant seulement mal au bout du petit doigt, que
j'en mourrais de frayeur, depuis que j'ai af-
fiché tant de fois que toutes les maladies se
guérissaient. Le jour où j'annoncerai qu'on a
supprimé la mort, j'aurai un coup de sang...
Que voulez-vous ! Le cri de la conscience !

Allons encore plus loin !

Achat de reconnaissances... Ils ont raison. La

reconnaissance se vend comme le reste. Celles du mont-de-piété et les autres... Il n'y a que l'ingratitude qui se délivre gratis.

Pianos tables de nuit... Je ne regarde pas ces choses-là..., ou plutôt si ! c'est une consolation. Je pense à part moi que si j'avais été riche, j'aurais peut-être appris à en jouer, et ça me fait aimer ma débine...

Vins fins... Je croyais, sans être fort en orthographe, que le verbe *feindre* ne s'écrivait pas de cette manière-là.

Hein ? De quoi ? *Vente par autorité de justice !...* C'est par erreur qu'on a fourré ça dans mon ballot. Je ne travaille pas dans cette spécialité. La misère ! c'est trop mon amie, pour que je lui manque de respect en la livrant à la risée des enchères. Je rendrai la machine [au patron.

Allons encore plus loin !

Grand restaurant à 85 centimes... Cinq plast

au choix... En voilà une *occase* pour un pharmacien qui aurait envie de faire fortune. Aller s'établir devant ce restaurant-là, et mettre sur sa porte : *Secours aux empoisonnés.*

Exhaussement du front... A l'usage des gens qui veulent se donner pour des génies incompris. J'ignore si ça leur fait hausser le front ; mais, moi, ça ne me fait hausser que les épaules.

Elvangina, roman inédit en 14 volumes. — Toujours par ce fameux auteur. En voilà un qui m'enfonce. Il barbouille encore plus vite que moi.

Grand succès. — *Théâtre de...* — Mais j'ai déjà collé ça hier, moi. Où donc que c'est passé ?... Ah ! mon Dieu ! il a plu, ça a délayé le grand succès, et le grand succès est tombé par terre... O mystérieuse vengeance du hasard ! autant en emporte le vent...

.˙.

Ouf!... Les jambes commencent à être roides.

Cinq heures. La nuit dégringole à grande vitesse. C'est l'instant d'aller prendre sa pâture.

Et voilà comme quoi, messieurs et mesdames, vous êtes gouvernés par une puissance bête et menteuse qui n'a que les dehors, que le clinquant, que la vanité. Elle s'appelle la Réclame, elle s'appelle l'Affiche, elle s'appelle... n'en disons plus rien, — puisqu'elle nourrit... l'afficheur !

LE LA ROCHEFOUCAULD DES TAILLEURS

LE LA ROCHEFOUCAULD DES TAILLEURS

La Rochefoucauld se conquit jadis, par ses maximes, une réputation qui lui valut la gloire de donner son nom à une rue du quartier Bréda.

Nous n'avons point à examiner ici jusqu'à quel point les habitantes de cette rue font honneur à la morale signature de leur patron.

Ces considérations nous entraîneraient trop loin.

D'ailleurs, en admettant qu'elles n'aient jamais servi à rien, on ne peut nier que les maximes de ce philosophe ne soient restées le modèle du genre.

C'est sur ce modèle qu'un intelligent artiste en vêtements a voulu se régler dans l'élaboration d'un livre qui verra prochainement le jour. Nous ne doutons pas que ce livre n'ait un succès aussi colossal que son devancier. *Le La Rochefoucauld des tailleurs* — c'est le titre — vaudra à coup sûr à son auteur le plaisir de dénommer une voie publique de la postérité.

En attendant, il sanctionne l'heureuse fusion du commerce et des belles-lettres, et c'est déjà un mérite assez grand pour avoir droit aux égards du lecteur.

Afin de mieux le mettre à même de s'édifier sur la valeur du livre à venir, nous lui en offrons aujourd'hui quelques fragments.

PENSÉES GÉNÉRALES

∴ L'habit fait le moine ; — celui qui a dit le contraire n'avait jamais manié ni les hommes, ni l'aiguille.

∴ Les magasins de confection sont la boutique à quatre sous de l'amour-propre.

∴ Le premier venu est vêtu ; l'homme de goût seul est habillé.

∴ Donnez-moi un goujat, je vous rendrai un monsieu — pour l'œil.

∴ Malheureusement l'oreille a été inventée. Si la parole n'existait pas pour certains individus, la science du tailleur ferait des prodiges en leur honneur.

∴ La bohème est morte. N'avoir besoin que de manquer de paletot pour se donner du talent, c'était trop commode. Les pièces au coude n'influent en rien sur la qualité de celles qu'on écrit.

L'HABIT NOIR

Le cheval de bataille du métier.

Il est noir, il est orné de deux basques et de deux manches. En apparence, toujours la même chose !

Mais que de nuances pour le tailleur intelligent !

L'HABIT NOIR DU MÉDECIN

Ample, sérieux, convaincu. Pas de sacrifice à la mode. Un habit qui va au travail comme au plaisir.

A droite une vaste poche pour la trousse. Les manches doivent être toujours assez larges pour pouvoir se retrousser. — On ne sait pas ce qui peut arriver ; un accident, un homme écrasé, un rien !

Si le médecin est vieux, l'habit affectera quelque archaïsme. Si le médecin est un novateur, il devra dans sa coupe arborer une excentricité quelconque. Par exemple, des basques rondes. Ce détail impressionne le client.

Si le médecin est jeune et à marier...

Ceci m'amène à la seconde catégorie.

L'HABIT DE NOCES

Un écueil! un problème! côtoie toujours le ridicule de si près !

Au fiancé bourgeois, simplicité ; au fiancé aristocratique, sévérité ; au fiancé beaucoup

plus âgé que sa femme, coussinet dans le dos
pour dissimuler la taille qui se voûte.

L'HABIT DE SPÉCULATEUR

Des poches partout, partout, partout !

Pour le carnet, pour les écus, pour le porte-
feuille aux billets, pour le mouchoir, pour les
lunettes.

Des poches ! des poches !

L'habit du spéculateur n'est qu'une poche, —
comme sa vie. Je lui vends son corbillon.

Qu'y met-on ?

Actionnaires perpétuels, versements sans re-
lâche, répondez vous mêmes à la question.

L'ESSAYAGE

Si la vanité n'existait pas, le tailleur devrait

se hâter de lui donner le jour. Il ne ferait là que
lui rendre ce qu'il lui doit.

LES RECOUVREMENTS

Un art délicat encore !

On trouve que nous vendons cher. Qui dit
cela ? Des usuriers qui tirent de leur argent cent
pour cent l'an. Et on nous fait souvent attendre
le nôtre deux ans !

Quand on ne nous le fait pas attendre toujours !...

Ah ! mais non ! On ne nous la jouera plus la
scène de Monsieur Dimanche. Elle est usée et
bonne pour les tailleurs du répertoire Riche-
lieu. Ça et la tragédie, c'est tout dire.

Pourtant Monsieur Dimanche a servi à quelque chose. C'est lui qui nous a appris les règles
de la science nouvelle.

Axiome fondamental : se défier du client trop poli.

— Ah ! c'est ce cher monsieur Flanchin !...

N'en entendez pas davantage. Cet homme-là ne vous payera pas.

— Cela va bien ?

Tirer aussitôt sa note.

— Et madame ?

La tendre carrémeut.

Si le client va jusqu'à demander des nouvelles de mademoiselle, devenir sur-le-champ insolent et déclarer qu'on ne sortira pas sans être payé. Crier au besoin de façon à appeler l'attention des domestiques.

L'homme qui est poli avec son tailleur est véreux, celui qui est affectueux doit être insolvable.

Au contraire, si un client vous brutalise, s'il vous lance un :

— C'est bon, vous viendrez un de ces matins !... Je vous préviendrai... Vous n'allez pas

me casser la tête... Bonjour!... J'aime à croire
que vous n'êtes pas pressé, au moins...

Cet homme-là parle d'or, c'est bon signe.
Quand la parole sonne, c'est qu'il y a de l'écho
dans la bourse.

UN PRÉJUGÉ

On a prétendu qu'il était d'usage chez les
tailleurs d'habiller gratis un certain nombre de
leurs pratiques qui servent d'enseigne aux
modes bizarres.

Je repousse cet absurde préjugé.

Prenez une lorette scandaleuse et vieillie, on
trouvera toujours cinquante cavaliers pour se
disputer la *gloire* de lui donner le bras !

Prenez un vêtement impossible, on trouvera
toujours cinquante imbéciles pour le payer à
prix d'or.

16

Différence. — On quitte le vêtement tôt ou tard — et il y en a qui gardent la lorette.

UN AUTRE PRÉJUGÉ

Les étoffes anglaises !

Le client, en prononçant ces mots, en a la bouche remplie.

Pauvre cher homme ! on lui en passe depuis trente-cinq ans, des étoffes anglaises fabriquées rue de Charonne !

Dame ! l'Angleterre nous devait bien cette revanche-là pour Waterloo.

CONCLUSION

Dans l'exercice de ma profession de tailleur. j'ai fait cent positions, deux cents mariages, trois cents hommes de talent.

O mon habit!... Pas un ne m'a remercié.

Mais j'ai la conscience pour moi. Dans ma nouvelle profession d'homme de lettres, je doute que je sois aussi utile.

Ce qui fait que je garde l'autre, — où j'ai appris à connaître les hommes et à les toiser.

Un tailleur philosophe est un Balzac sur mesure!...

TABLE

TABLE

FIN.

PARIS. — IMPRIMERIE A.-E. ROCHETTE
72-80, boulevard Montparnasse, 72-80